La palette des cœurs

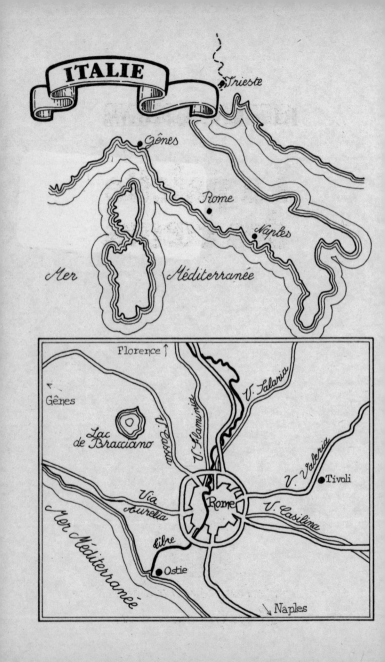

HELEN ERSKINE

La palette
des cœurs

Le temps d'un livre
Le temps d'un rêve

Titre original : *Fortunes of love* (140)
© 1982, Helen Erskine
Originally published by SILHOUETTE BOOKS
a Simon & Schuster division of Gulf
& Western Corporation, New York

Traduction française de : Marlène Bastide
© 1983, Éditions J'ai Lu
31, rue de Tournon, 75006 Paris

1

Peu avant midi, la porte du magasin de fournitures pour artistes s'ouvrit, à la grande satisfaction de Linda. La matinée avait traîné en longueur. Ce client allait l'aider à faire passer le temps. Depuis que, deux jours plus tôt, Althea Berenson lui avait proposé de l'emmener avec elle en Europe en qualité de demoiselle de compagnie, Linda se désespérait de la lenteur des jours.

« Evidemment, lui avait dit sa vieille amie, tout dépend de mon neveu, mais ne vous en faites pas, je suis sûre qu'il sera d'accord. Fenton peut avoir l'air d'un ours, au fond il a un cœur d'or. »

– Monsieur? Je peux faire quelque chose pour vous?

L'homme qui venait d'entrer avait les cheveux auburn, des yeux verts, une mâchoire énergique, une bouche grande et sévère. Il s'avança vers elle d'un pas décidé.

– Linda Morse, sans doute? demanda-t-il d'une voix chaude et bien timbrée.

– En effet, c'est bien moi.

D'où connaissait-il son nom? Et que diable pouvait-il bien lui vouloir?

– Dans ce cas, vous pouvez effectivement faire quelque chose pour moi. Midi moins vingt, ajouta-t-il en relevant sa manchette pour consulter une montre sophistiquée qui ne se contentait sûrement pas de donner l'heure. Si votre patronne,

Mme Brady, veut bien vous autoriser à partir un peu plus tôt, nous pourrons discuter pendant le déjeuner.

Linda nota alors qu'il avait des taches de rousseur sur le nez, remarque particulièrement saugrenue alors que, de toute évidence, elle avait affaire à un fou.

– Vous devez avoir perdu la tête, laissa-t-elle échapper.

Elle le regretta aussitôt. S'il était vraiment fou, inutile de le provoquer. San Francisco connaissait un regain de violence ces temps derniers. Cet individu était peut-être bon à enfermer?

– Qu'y a-t-il? On dirait que vous venez de voir un fantôme!

Sincèrement étonné par sa réaction, son expression s'était adoucie. Non, décida Linda. Il n'est pas fou.

– Je n'ai pas peur des fantômes, mais ce n'est pas tous les jours que je vois un inconnu faire irruption dans la boutique pour m'annoncer que nous allons déjeuner ensemble et discuter. Je trouve ça plutôt déroutant. Discuter de quoi, d'ailleurs? J'aimerais bien le savoir.

– Dites à Mme Brady que vous partez et suivez-moi, c'est la meilleure façon de l'apprendre, mon petit, répondit-il avec impatience. Mon emploi du temps est surchargé. Ne me faites pas perdre de précieuses minutes.

Quelle grossièreté! Quelle arrogance! Mon petit... De la part d'un homme âgé, passe encore. Mais il n'avait sûrement pas plus de trente-cinq ans. Par rapport à ses vingt-deux ans, on ne pouvait pas parler du fossé des générations!

– Je n'irai nulle part avant de savoir qui vous êtes et de quoi il s'agit. Et même quand je le saurai, je refuserai sans doute encore de vous suivre, se fit-elle un plaisir d'ajouter.

C'était, et de loin, le personnage le plus odieux qu'elle eût jamais rencontré.

Il la dévisagea comme il l'aurait fait d'un chaton qui sort brusquement ses griffes. Elle regretta brusquement de ne pas être d'une beauté éblouissante, une déesse blonde ou une jeune Liz Taylor qui lui aurait tourné la tête en un clin d'œil. Elle lui aurait fait sentir alors ce que l'on éprouve à être traité avec cette condescendance.

Malheureusement, elle ne possédait que des attraits fort modestes. Des traits doux et réguliers, des yeux couleur d'ambre, d'épais cheveux bouclés de la même nuance vison foncé que ses cils, ne suffisaient pas à faire d'elle une beauté. Elle était assez grande, mais tellement mince qu'elle paraissait dégingandée, sans aucune courbe voluptueuse, comme si elle n'avait pas terminé sa croissance.

Après l'avoir longuement examinée, il lui adressa un sourire de grand frère qui n'avait rien de flatteur pour sa féminité.

– Je crois que j'ai oublié de me présenter. Fenton Harkness, le neveu de Mme Berenson. Elle vous avait prévenue, n'est-ce pas, que j'aimerais vous parler?

Ses lèvres avaient repris leur pli sévère. Linda hocha la tête, se sentant soudain ridicule. Mais comment deviner qu'il était le neveu de Mme Berenson? Il était tellement différent! Althea, comme elle souhaitait que Linda l'appelle, était la courtoisie même. Comment ce grossier personnage pouvait-il appartenir à sa famille? Althea lui avait bien laissé entendre que son neveu avait des allures d'ours mal léché, mais n'avait-elle pas dit aussi qu'au fond il avait un cœur d'or? Elle devait le voir à travers des verres teintés de rose...

Avant que Linda ait pu répondre, Mme Brady sortit de l'arrière-boutique.

– Vous avez besoin d'aide, Linda?

C'était une petite femme d'une cinquantaine d'années, sans aucun talent artistique particulier comme elle le reconnaissait elle-même volontiers, mais qui croyait indispensable, étant donné la nature de son commerce, d'affecter un certain genre. D'où, sans doute, le chignon en bataille qui ornait le sommet de sa tête et sa blouse constellée de taches de peinture. D'un coup d'œil pénétrant, elle évalua le client, se demandant s'il avait réellement l'intention d'acheter ou s'il cherchait simplement à faire perdre son temps à son employée.

– Non, tout va très bien, madame Brady. Je vous présente M. Harkness, le neveu de Mme Berenson.

Mme Brady eut un sourire étincelant. En dépit de ses airs bohème, elle lisait assidûment le carnet mondain. Elle avait longuement parlé à Linda de la résidence de Nob Hill où vivaient la veuve d'Anatole Berenson, un magnat de l'industrie et son neveu Fenton, qui était l'un des plus beaux partis de la ville.

– Oh! vous êtes le neveu de notre chère Mme Berenson! Je suis ravie de faire votre connaissance! Votre tante vous envoie faire quelques achats peut-être? Je serai ravie de vous servir moi-même, ajouta-t-elle sans attendre sa réponse. Linda, mon enfant, vous pouvez partir maintenant si vous voulez.

– J'ai invité Mlle Morse à déjeuner, dit-il d'un ton poli, mais qui n'admettait pas de réplique. Et puisque vous êtes assez aimable pour la libérer avant l'heure, nous allons nous mettre en route immédiatement. Venez! ajouta-t-il, posant sur Linda son regard autoritaire.

C'en était trop! Linda faillit lui répondre qu'elle ne déjeunerait pas avec lui et qu'ils pouvaient très bien discuter dans la boutique. Mais Mme Brady, subjuguée, intervint.

– Bien sûr. Allez, Linda, et prenez tout votre temps...

Fenton se dirigeait déjà vers la sortie. Linda attrapa son sac et s'élança à sa suite. Elle aurait bien aimé s'arranger un peu, essayer tout au moins d'assagir ses mèches folles, mais il avait déjà ouvert la porte et s'effaçait pour la laisser passer.

Avril à San Francisco. Ces mots sonnent, enchantent. Mais Linda, qui avait longtemps vécu à « Baghdad by the Bay », savait pertinemment que le brouillard et le vent pouvaient vous glacer jusqu'aux os à n'importe quelle époque de l'année. Les touristes qui s'étaient imaginé que la ville jouissait d'un climat tropical, frissonnaient pitoyablement dans leurs chemises hawaïennes et leurs robes bain de soleil.

Aujourd'hui, pourtant, c'était différent. Seule une légère brise soufflait du Pacifique. Un petit nuage blanc s'enroula gracieusement autour de la spirale du *Transamerica Building* puis s'effilocha, laissant derrière lui un ciel d'azur. Pressant le pas pour se maintenir à la hauteur de Fenton qui remontait la rue à longues enjambées, de la démarche d'un conquérant, Linda se sentit envahie d'une étrange allégresse. D'où lui venait donc ce bonheur soudain? Sans doute de l'idée qu'elle allait bientôt s'envoler vers l'Europe... Ce voyage ne dépendait plus que de l'approbation de Fenton.

A mi-chemin du pâté de maisons, celui-ci bifurqua vers une longue berline noire rangée au bord du trottoir et lui ouvrit la portière.

– Montez! ordonna-t-il, et, comme elle hésitait, il ajouta d'une voix cinglante : nous allons déjeuner, oui ou non?

Linda avait pensé qu'ils iraient dans un quelconque *fast-food* des environs. Elle hésita de plus belle. Que savait-elle de lui en fait? Qu'est-ce qui prouvait qu'il était réellement le neveu d'Althea? *Ne monte jamais dans la voiture d'un inconnu,* n'avait cessé de lui répéter sa mère.

Soudain le visage de Fenton s'éclaira d'un sourire qui révéla des dents parfaites et creusa quelques rides séduisantes dans son visage. Une lueur amusée dansa dans ses yeux verts.

— Vous vous imaginez peut-être que j'ai l'intention de vous emmener à *Golden Gate Park* pour abuser de vous? L'idée n'est pas mauvaise, sauf que je n'aurais sans doute pas besoin d'employer la force. Je suis sûr que vous ne demanderiez pas mieux que de coopérer. En fait, ajouta-t-il, reprenant son sérieux, je pensais simplement vous emmener au Fisherman's Wharf. Mais vous trouvez peut-être ça ennuyeux? Les jeunes, aujourd'hui, préfèrent les pizzas et les hamburgers aux fruits de mer.

Coopérer! Non mais vraiment! Linda faillit le gifler. Mais très vite, sa colère fit place à l'étonnement. Pourquoi parlait-il comme un vieillard, comme si les plaisirs de la jeunesse étaient bien loin derrière lui?

— J'adore les fruits de mer, assura-t-elle.

Et elle en aurait certainement dit davantage, elle aurait sûrement trouvé un moyen de lui faire comprendre que leur différence d'âge n'avait aucune importance si, une fois de plus, il ne s'était brusquement montré autoritaire.

— Eh bien, dans ce cas, allons-y! Je vous l'ai déjà dit, j'ai un emploi du temps très chargé cet après-midi, dit-il en la poussant littéralement dans la voiture.

Linda s'adossa à son siège et se détendit un peu tandis qu'il se faufilait avec maestria à travers la circulation particulièrement dense de la mi-journée. Du coin de l'œil, elle observait son profil qu'on aurait dit taillé dans du granit. Un visage qui exprimait une grande force de caractère, décida-t-elle avec un petit pincement au cœur alors que l'image de son père se présentait à son esprit. Non pas parce que les deux hommes se ressemblaient mais, au contraire, parce qu'ils étaient si totalement différents. Fenton, lui, n'abandonnerait jamais sa famille, elle en était sûre. Il ne laisserait jamais une femme et une gamine se débrouiller toutes seules. Mais Linda avait depuis longtemps accepté la désertion de son père, et elle préférait ne plus y penser.

Ils roulèrent jusqu'à Van Ness Avenue, avant d'obliquer vers le nord. En découvrant la baie, Linda retint un cri d'admiration. Des centaines de voiliers mouchetaient l'eau bleue.

– Quelle merveille! s'écria-t-elle. Il n'y a rien de plus beau au monde.

Il lui jeta un regard amusé.

– Que connaissez-vous au juste du monde, Linda Morse?

Sur le moment, elle éprouva pour lui une véritable haine. Il avait sans doute compris qu'elle n'avait pas eu, elle, l'avantage de voyager, mais était-ce une raison pour lui gâcher son enthousiasme? Détournant la tête, elle se mit à fixer obstinément la rangée de motels et de restaurants qui jalonnaient leur route.

Elle sentit brusquement une main se poser sur la sienne.

– Vous êtes fâchée?

Sa voix était moqueuse, empreinte de la supériorité que lui conférait son prétendu grand âge. Mais elle lui parut tendre aussi. Sous l'étreinte puissante et chaude des doigts de Fenton, Linda sentit battre son pouls à une rapidité surprenante. Que lui arrivait-il? Il ne lui plaisait même pas, avec ses manières arrogantes. Depuis moins d'une heure qu'elle le connaissait, il n'avait cessé de la traiter comme une gamine, lui donnant des ordres comme s'il était le maître et l'insultant en laissant entendre qu'elle était prête à encourager ses avances.

— Non, je ne suis pas fâchée, lança-t-elle d'une voix coupante.

— Si, vous l'êtes. Et avec juste raison, répliqua-t-il en lui pressant légèrement la main. Je regrette de n'avoir pas été au diapason. C'est vrai, j'ai vu la plupart des baies du monde et il n'y en a guère de plus belles que celle de San Francisco. De plus, aucune autre ne possède le *Golden Gate Bridge*.

Elle suivit son regard et contempla avec fierté l'arche dorée qui enjambait le célèbre Golden Gate, porte de l'océan Pacifique.

— J'envie ceux qui le voient pour la première fois, dit-elle, convaincue qu'il allait encore se moquer d'elle.

Il l'approuva, au contraire, d'un hochement de tête et alla même jusqu'à affirmer qu'il avait souvent pensé la même chose.

Quelques instants plus tard, il entrait dans le parking d'un des plus fameux restaurants du quai. Il laissa le chasseur garer le véhicule et ils pénétrèrent dans la salle à manger bondée. Le maître d'hôtel s'inclina légèrement.

— Votre table vous attend, monsieur.

Linda eut l'impression que Fenton Harkness devait avoir une table réservée, et quelqu'un à sa disposition, partout où il allait. Elle savait par Althea qu'il se trouvait à la tête de l'affaire d'import-export qui avait fait la fortune des Berenson, ce qui suffisait à faire de lui un homme riche et puissant.

On les installa à l'une des meilleures tables, avec vue sur la baie.

— Vous prendrez un apéritif, monsieur? demanda le garçon.

— Oui. Un Martini. Sec. Et pour cette jeune demoiselle...

– La même chose, coupa Linda.

Fenton fronça légèrement les sourcils.

– Cela me paraît bien fort pour une petite fille, remarqua-t-il dès que le serveur se fut éloigné. Je vous voyais plutôt prendre une *piña colada* ou un cocktail à la fraise.

Elle commençait à en avoir assez de se faire traiter comme une gamine.

– Je n'aime pas plus que vous ce genre de boissons sirupeuses. Et je ne suis pas une petite fille. J'ai vingt-deux ans. J'aimerais bien savoir quel âge vous avez pour vous estimer en droit de me parler comme à un bébé?

Un sourire vint à nouveau jouer sur ses traits énergiques.

– Voilà une question très directe. J'ai trente-quatre ans.

Il était vraiment exaspérant. Quand elle faisait tout pour l'irriter, il lui répondait de la meilleure humeur du monde, comme si sa colère était une preuve de plus de son infantilisme. Il souriait toujours quand on leur apporta les apéritifs.

Elle s'attendait à ce qu'il propose un toast mais, dédaignant ces pratiques vulgaires, il leva son verre et avala une longue gorgée. Linda se contenta de siroter timidement cette boisson à laquelle elle n'était pas habituée malgré l'impression qu'elle essayait de donner. Ses yeux s'emplirent de larmes, qu'elle s'empressa de dissimuler en battant des paupières. Dieu merci, elle réprima à temps une quinte de toux!

– Bien, allons-y, dit-il brusquement. Il y a un certain nombre de choses que j'aimerais savoir à votre sujet avant d'aller plus loin. Vous dites que vous avez vingt-deux ans?

Sa question laissait entendre qu'elle pouvait très bien avoir menti.

– J'ai en effet vingt-deux ans.

– Je n'en doute pas, répondit-il avec un léger sourire. Il suffit de vous voir et de vous regarder faire. A mes yeux, c'est bien jeune. Mais là n'est pas le problème. Il y a d'autres aspects beaucoup plus importants que votre âge à considérer.

– Par exemple?

Le serveur s'approchait pour prendre leur commande. Ils tombèrent d'accord pour des soles, accompagnées d'une salade. Linda eut un sourire amer. C'était peut-être le seul point d'accord qu'ils auraient jamais. Cela ne l'amusait guère. Elle avait bien envie de tout planter là, mais deux choses l'en empêchaient : d'une part, elle aimait trop Althea pour la décevoir. On prétend que les riches sont différents, mais ce n'était pas le cas de Mme Berenson. Depuis six mois que Linda travaillait à la boutique, elle était venue régulièrement une ou deux fois par semaine. Pendant que le chauffeur l'attendait au volant de sa limousine, elle faisait ses achats en bavardant avec Linda comme une collégienne. Elle disait d'elle-même qu'elle était un peintre du dimanche, une barbouilleuse!

La seconde raison qui retenait Linda de dire son fait à Fenton Harkness, c'est qu'elle avait toujours rêvé d'aller en Italie. Un rêve qu'elle n'avait jamais espéré voir se réaliser. Depuis qu'Althea lui avait proposé de l'accompagner, elle ne pensait plus qu'à ça!

« Fenton nous louera une villa au-dessus de Rome dans les collines », lui avait dit la vieille dame, les yeux brillants d'excitation.

Rome, la ville aux couchers de soleil les plus somptueux du monde! Fontaines, galeries d'art, ruines antiques, tout ce qu'elle avait lu sur la Ville éternelle lui revenait en mémoire. Dame de compagnie. Ce serait presque des vacances payées. Une occasion unique, qui ne se présenterait sans doute jamais plus. Mieux valait, décida-t-elle, s'accommoder de la brutalité de Fenton Harkness, puisque apparemment il semblait avoir tout pouvoir sur les affaires de sa tante. Même celui de lui refuser une compagne qu'Althea elle-même avait choisie.

Elle eut soudain hâte d'en avoir terminé. Hâte d'être fixée.

– Eh bien, que voulez-vous savoir de moi?

– On va nous servir d'une minute à l'autre. Un peu de patience. Nous parlerons après le déjeuner.

De caractère aussi rebelle que ses boucles brunes, Linda explosa :

– Nous allons parler tout de suite! Qu'est-ce que vous voulez savoir? Où j'ai fait mes études? Je vais vous le dire. A San Francisco State School. Est-ce que j'ai travaillé ailleurs que dans la boutique de Mme Brady? Eh bien, non. Il y a six mois encore, je m'occupais de ma mère qui était très... très malade.

Au souvenir de la dernière année qu'avait vécue sa mère, le cœur lui manqua. Elle détourna la tête, faisant semblant d'admirer la baie. Le contact d'une main sur la sienne la fit sursauter. Fenton fixait sur elle un regard aussi insondable que les profondeurs insoupçonnées de l'océan et aussi variable que la mer, allant du vert le plus clair à l'émeraude le plus intense. Ses yeux semblaient l'implorer, avec une humilité dont elle ne l'aurait jamais cru capable.

– Je vous en prie, Linda, faites-moi confiance, dit-il d'une voix rauque. Mangeons d'abord. Après nous pourrons parler sans être interrompus, et je vous expliquerai tout. Je n'ai pas que des questions à vous poser, vous savez. J'ai aussi quelques explications à vous donner.

Son regard aurait pu faire fondre une statue de bronze, mais elle se sentait plutôt de cire quand, lâchant sa main, il s'adossa à son siège, attendant sa réponse.

– Très bien, dit-elle doucement. Attendons d'avoir fini.

Il la remercia d'un large sourire.

– Avant d'aborder les choses sérieuses, je tiens à vous dire que je partage l'opinion de ma tante à votre sujet. Elle vous a décrite comme une biche qui reste timidement à la lisière de la forêt, mais qui regarde le monde avec courage et confiance. Sans doute à cause de vos grands yeux marron. C'est vrai que, tout à l'heure, ils lançaient des étincelles, ajouta-t-il en riant. Althea ne les a sans doute jamais vus comme ça.

– Elle n'a jamais rien fait pour!

– Allons, allons, voilà que vous recommencez à prendre la mouche.

Il la taquinait comme un grand frère. Et cela ne lui plaisait guère. Quand il lui avait jeté ce regard implorant tout à l'heure, révélant une sensibilité qu'elle ne lui soupçonnait pas, il avait éveillé en elle un sentiment qui n'avait rien de fraternel. Ce qu'il avait de plus attirant, c'était cette impression de force et de solidité qu'il donnait. Malgré toutes les rencontres qu'elle avait faites, jamais encore son cœur n'avait battu pour qui que ce fût. Plus ils étaient beaux et charmants, plus les hommes lui rappelaient son père. Si celui qu'elle avait en face d'elle faisait preuve d'un autoritarisme aussi déplaisant, c'était sans doute qu'il était habitué à diriger une gigantesque entreprise. La femme de sa vie saurait bien lui apprendre à laisser ses manières d'homme d'affaires, au vestiaire en sortant du bureau.

La femme de sa vie... Ce serait elle, bien sûr! Linda réprima un sourire. Quelle idiote! Mme Brady lui avait pourtant dit que Fenton Harkness sortait avec les plus belles filles de San Francisco! Elle prit une tranche de pain complet qu'elle beurra généreusement. Vu le peu de chances de succès qu'elle avait auprès du célibataire le plus recherché de la ville, inutile de suivre un régime!

Le serveur approcha une desserte de leur table. Les soles grillées sentaient merveilleusement bon, mais Linda découvrit avec surprise qu'elle n'avait pas le moindre appétit. Elle se contenta de picorer dans son assiette. Les minutes à venir allaient être décisives. A la fin de leur entretien, ou bien elle passerait une année enchanteresse à savourer les trésors d'un art qu'elle chérissait en compagnie d'une femme qu'elle aimait comme sa propre mère, ou bien il lui faudrait reprendre la routine insupportable de sa vie actuelle – un appartement minuscule et ruineux dans un des quartiers les plus minables de la ville, des flirts qui se terminaient en match de catch et des soirées solitaires où les murs semblaient se refermer sur elle comme ceux d'un cachot.

– Vous ne mangez pas, remarqua-t-il, désapprobateur. Si vous n'aimez pas les soles, dites-le-moi, je commanderai autre chose.

– Si, j'aime ça, mais...

– Alors mangez! Mon temps est limité, et nous avons encore beaucoup de choses à régler.

Mangez! Est-ce là le ton qu'on emploie pour parler à quelqu'un qu'on considère comme son égal? Mais il était inutile de discuter. Et puisqu'elle n'en tirerait de toute façon rien avant la fin du repas, elle décida qu'elle ferait aussi bien de profiter de son déjeuner. Aucune comparaison avec le pique-nique sommaire qu'elle faisait habituellement sur un banc d'Union Square.

Il considéra son assiette vide avec un petit sourire.

– C'est bien.

Puis il fit signe au garçon et commanda du café. Il était bouillant, mais elle se força à le boire, sans tenir compte des larmes qui lui montaient aux yeux. Elle n'en pouvait plus d'impatience.

– Eh bien, dit-elle en repoussant sa tasse vide. Il me semble avoir assez attendu. Que voulez-vous savoir de moi, monsieur Harkness?

Il prit le temps de siroter tranquillement son café et regarda sa montre.

– Sortons d'ici. Il y a beaucoup de monde, et je ne voudrais pas que notre conversation soit écourtée.

Il la laissa fulminer en silence et, d'un signe, réclama l'addition.

Qu'il aille au diable! Inutile d'insister. Elle se demanda si une femme avait jamais eu le dessus avec lui.

Le chasseur leur amena la voiture. Linda pensa aux kilomètres qu'elle avait fait plus d'une fois pour éviter à ses chevaliers servants le coût d'un pourboire. Je ne dois pas me laisser gâter, se dit-elle avec ironie. Si son séjour en Italie tombait à l'eau, elle sortirait probablement avec Jerry Hines samedi soir. C'était un jeune courtier dont la clientèle n'était pas encore bien assise, et il préférait lui faire traverser la moitié de la ville à pied plutôt que de payer une place de parking.

Peut-être suis-je déjà corrompue, se dit-elle en s'installant dans la voiture. La perspective de cette sortie avec Jerry lui paraissait tout à coup terriblement déprimante.

Sans un mot, Fenton Harkness longea la baie jusqu'au port de plaisance. La vue sur les voiles blanches, les flots bleus et les collines verdoyantes de Marin County à l'horizon, était splendide, mais pour une fois Linda y resta presque insensible.

Peut-être aurait-elle bientôt la baie de Naples à ses pieds...

– J'aurais aimé vous emmener à bord de l'*Althea*

18

B, mais nous n'avons vraiment pas le temps. J'ai un rendez-vous important cet après-midi.

– Vous voulez dire que vous avez un yacht ici?

– Il appartient à l'entreprise. C'est le sloop qui est là, en bas.

– Très beau bateau, dit-elle d'un air absent.

Elle était incapable de faire la différence entre un sloop et une péniche, et c'était bien pour le moment le dernier de ses soucis. Elle était exaspérée par les manœuvres dilatoires de cet homme arrogant qui considérait que son temps était plus précieux que celui des autres. Mme Brady risquait fort, après tout, de lui retenir sur son salaire ces quelques moments de plaisir forcé. Et elle avait déjà du mal à joindre les deux bouts. A cette idée, elle attaqua de front.

– Je n'ai pas que ça à faire, monsieur Harkness, et je vous serais reconnaissante...

– Fenton, corrigea-t-il en lui adressant un drôle de petit sourire. A moins, bien sûr, que cela vous gêne d'appeler vos aînés par leur prénom.

Elle éclata de rire.

– Je le fais bien pour votre tante! D'ailleurs, Fenton, ajouta-t-elle lentement, comme pour prendre le temps de savourer son nom sur sa langue, vous n'êtes pas beaucoup plus vieux que moi. Douze ans très exactement.

Une série d'expressions contradictoires passa sur son visage. Il avait l'air irrité parce qu'elle avait osé le contredire, un peu triste et en même temps amusé, comme s'il avait affaire à une petite fille qui parlait de choses qu'elle ne connaissait pas.

– Douze ans, c'est parfois une éternité, dit-il, secouant vigoureusement la tête comme pour se débarrasser de son humeur morose. Mais venons-en au fait. Ce que je veux connaître avant tout, c'est la raison qui vous pousse à accepter un tel travail.

Elle le regarda, stupéfaite. Comment répondre à

une question pareille? Comment expliquer pourquoi on aimerait passer une année au paradis?

– Voyons, reprit-il brusquement, c'est pourtant simple. Je me demande pourquoi une jeune et jolie personne manifestement intelligente tient à se faire embaucher comme demoiselle de compagnie. Si nous vivions au temps de la reine Victoria, je comprendrais. A l'époque, une jeune fille n'avait guère le choix. Mais maintenant, on trouve des femmes à tous les postes clés. Comment se fait-il, Linda, que vous manquiez à ce point d'ambition?

Une lueur narquoise jouait dans ses yeux verts. De quoi l'accusait-il? Pourquoi affichait-il un tel mépris pour elle depuis le début?

Mais il poursuivait déjà sur le même ton moqueur :

– J'ai sans doute tort de penser que vous manquez d'ambition. Vous êtes peut-être, au contraire, beaucoup plus ambitieuse que celles qui travaillent pour gravir les échelons de la vie sociale. Frottez-vous aux riches, vous finirez bien par en tirer quelque chose. C'est là votre idée, n'est-ce pas, Linda?

Elle suffoqua, comme s'il l'avait giflée.

– Vous... vous me prenez pour un parasite! Vous croyez que je veux profiter de votre tante!

Il haussa légèrement les épaules.

– Pas forcément. Vous voyez peut-être les choses autrement. La richesse attire la richesse. Tôt ou tard, un millionnaire peut s'intéresser à la demoiselle de compagnie de Mme Berenson. Dans ce cas vous ne seriez pas un parasite. Tout au plus une opportuniste.

Voilà donc pourquoi il lui témoignait un tel mépris!

– Opportuniste, vraiment! s'écria-t-elle, le cœur battant à tout rompre. Je ne vous dirai pas ce que je pense de vous, moi! Je suis trop bien élevée pour cela : je ne voudrais pas être à votre place et avoir l'esprit aussi mesquin, pour tout l'or du monde. Et maintenant, soyez assez aimable pour me déposer à une station de taxis, afin que je puisse retourner à mon travail. Je m'y frotte plutôt à des peintres sans le sou qu'à des millionnaires, mais au moins je gagne ma vie, et je n'ai pas envie de perdre ma place!

Elle s'aperçut avec un plaisir amer qu'elle venait de marquer un point. Perplexe, Fenton se passait la main dans les cheveux. Sa tante tenait à elle comme demoiselle de compagnie. S'il l'écartait sans une bonne raison, il risquait d'avoir des ennuis. C'était lui le parasite, l'opportuniste qui prenait soin des affaires de sa tante en échange d'une vie opulente. Pas étonnant qu'il soupçonne tout le monde! Il voyait chez les autres l'avidité qui était en lui!

Il finit par lui adresser un sourire contrit.

– Je suis désolé de vous avoir offensée, mais si vous saviez comme il est difficile de protéger Althea, vous comprendriez mieux pourquoi je suis si soupçonneux. Je pourrais passer des heures à vous raconter le nombre de fois où des gens ont essayé de profiter d'elle. Une veuve fortunée, un cœur d'or : c'est la cible rêvée pour tous les escrocs. Sans moi, il y a longtemps qu'elle aurait dilapidé toute sa fortune.

– Alors, maintenant je suis un escroc! J'aperçois une station de taxis là-bas, ajouta-t-elle en jetant un coup d'œil par-dessus son épaule. Vous n'aurez qu'à m'y laisser.

Elle avait déjà un pied hors de la voiture, mais il la retint par le bras.

– Pourquoi déformer tout ce que je dis? J'essaie simplement de vous faire comprendre la situation. Une fois pour toutes, allez-vous m'écouter jusqu'au bout?

Elle se dégagea d'une secousse.

– A condition de faire vite. Je suis sûre que nous ne nous entendrons pas et je ne tiens pas à ce que Mme Brady me mette à la porte. Elle m'a permis de prendre un peu plus de temps que d'habitude, mais pas tout l'après-midi.

– Je serai aussi bref que possible. Merci, ajouta-t-il avec un hochement de tête. Je ne sais pas ce que vous a dit ma tante...

– Pas grand-chose. Nous avons surtout parlé peinture.

Il écarta le sujet d'un geste. Althea, commença-t-il à lui expliquer, était la sœur aînée de son père.

– La famille Harkness était aisée, mais pas d'une richesse extraordinaire. Althea était amateur d'art, mais ses peintures ne valaient pas grand-chose. Elle accepta donc un poste de secrétaire chez Berenson Imports. Peu après, Anatole Berenson et elle tombaient amoureux l'un de l'autre, et ils se mariaient. J'avais douze ans quand mes parents disparurent en mer. Comme ils n'avaient pas d'enfants, ils m'adoptèrent.

Il s'interrompit, pensif, le visage sombre. D'un geste impulsif, Linda posa la main sur son bras.

– Je suis navrée. J'ai eu la chance d'avoir ma mère avec moi jusqu'à l'année dernière, et j'imagine...

Il haussa les épaules.

– C'est de la vieille histoire. Je disais donc que ma tante et son mari m'avaient adopté. Anatole m'apprit les ficelles du métier, et à sa mort, il y a dix ans, me désigna dans son testament comme président-directeur général de son entreprise. Je devenais aussi, selon sa volonté, le tuteur financier de ma tante.

– Son conseiller, vous voulez dire? demanda-t-elle, choquée par le mot tuteur, comme s'il parlait d'une irresponsable.

– Non. J'ai bien dit tuteur. Althea ne s'est jamais

rendu compte de la valeur de l'argent. Elle ne dépense pas beaucoup pour elle-même, mais elle est passionnée par les objets d'art. Y compris les plus douteux. La fortune entière des Berenson y passerait si cela ne dépendait que d'elle. Elle n'a le droit ni de faire des achats importants ni d'embaucher qui que ce soit sans mon consentement.

Linda se sentit bouillir de colère. Althea s'était toujours montrée généreuse pour les gens qui étaient dans le besoin, et Linda savait qu'elle se plaisait à encourager les jeunes peintres en achetant leurs toiles à des prix parfois ridicules, et pour des raisons qui ne l'étaient pas moins.

« Sa femme vient d'avoir un enfant », lui avait-elle expliqué un jour, en exhibant une croûte qu'elle avait payée mille dollars.

Mais c'était son argent. De quel droit pouvait-on l'empêcher de le dépenser à sa guise? Pourquoi l'obliger à l'enfermer dans une banque?

– Je comprends qu'un homme de la génération d'Anatole ait pu penser que sa femme était incapable de gérer ses affaires, mais vous devez vous sentir très mal à l'aise dans ce rôle. Ne pourriez-vous pas demander à être relevé de vos fonctions? On peut toujours casser un testament.

Ses yeux étincelèrent.

– Je n'ai aucunement l'intention de faire une chose pareille. C'est la volonté d'Anatole que je gère le patrimoine des Berenson, et je le ferai de mon mieux, aussi longtemps qu'il le faudra.

C'est-à-dire jusqu'à la mort d'Althea. Qu'adviendrait-il à ce moment-là? Le patrimoine serait sans doute partagé entre une douzaine de cousins – ceux que l'on voit habituellement sortir du bois à la mort d'une parente fortunée – et une partie serait peut-être consacrée à ces œuvres charitables qui tenaient une place si importante dans le cœur d'Althea.

– Vous comprenez maintenant pourquoi je dois

tester ceux que ma tante désire employer... J'ai décidé que vous feriez l'affaire, ajouta-t-il après une brève hésitation, en lui jetant un coup d'œil perçant.

– Merci, répondit-elle tranquillement, malgré la joie qui faisait bondir son cœur.

Elle allait quand même partir pour l'Italie...

– Il ne reste qu'une petite chose...

Elle poussa un soupir. *J'aurais dû m'en douter.* Il avait dû garder le meilleur pour la fin! Toujours aussi méfiant, il ne serait sans doute satisfait que lorsqu'il lui aurait trouvé un défaut rédhibitoire.

– Oui? demanda-t-elle d'une voix lasse.

– Je n'ai pas à me mêler de ça, mais je ne tiens pas à ce que vous abandonniez ma tante seule, en pays étranger, au bout de quelques jours ou de quelques semaines. Je vais louer une villa pour un an; si vous avez un petit ami ou un amant – je ne sais pas comment les jeunes d'aujourd'hui appellent cela –, il ne faudrait pas que vous découvriez tout à coup que vous ne pouvez pas vous passer de lui.

– Rassurez-vous, il n'y a personne, dit-elle, à la fois soulagée et vexée.

Partir pour l'étranger en laissant derrière elle un homme dont elle ne pouvait pas se passer? Comment pouvait-il la croire capable d'une chose pareille? Apparemment, il avait d'elle une piètre opinion. Mais peut-être avait-il la même opinion de toutes les femmes?

– J'ai du mal à imaginer que vous n'avez pas de chevalier servant, dit-il, l'étudiant toujours du même regard scrutateur. Vous devez attirer les jeunes gens comme le chèvrefeuille attire les abeilles. Enfin, je vous crois sur parole, ajouta-t-il en lui adressant brusquement un sourire radieux. Et je dois dire que j'en suis très content.

Pourquoi était-il si satisfait d'apprendre qu'il n'y avait pas d'homme dans sa vie? En bon opportuniste il préférait pouvoir annoncer à sa tante qu'il ne désapprouvait pas son choix. Mais était-ce la seule raison? Penchant la tête vers elle, il eut une expression presque tendre.

– Je suis désolé de vous avoir fait passer un si mauvais moment, Linda, mais vous me comprenez, n'est-ce pas? D'ailleurs, vous ne m'avez pas épargné, vous non plus. Embrassons-nous et oublions tout cela, voulez-vous?

Sa tête n'était plus qu'à quelques centimètres de la sienne. Avant qu'elle ait eu le temps de protester, il la serrait dans ses bras. Ses lèvres se pressèrent contre les siennes doucement d'abord, puis avec la force et la rigueur d'un châtiment. Un châtiment qui pouvait se faire toute douceur et tendresse, si elle acceptait de le laisser faire...

Mais elle ne l'accepta pas. Au lieu de refermer ses bras autour de son cou, comme elle s'apprêtait à le faire, elle le repoussa brusquement.

– Non, dit-elle. Non!

Le premier mot fut murmuré tendrement, contre ses lèvres. Pour le second, plus vigoureux, elle était déjà à l'autre bout de la banquette. Elle sentit la poignée de la portière lui rentrer dans le dos.

– Qu'est-ce qui vous arrive? demanda-t-il, les yeux encore dans le vague. Oh! je vois, fit-il, avec un sourire crispé. Vous pensez que je suis un vieux dégoûtant, et que je vais vous proposer de passer le reste de l'après-midi dans un motel de Lombard Street.

Elle s'apprêtait à le détromper, mais se ravisa. Elle ne voyait pas pourquoi il faisait si grand cas de son âge. Après tout, il pouvait bien penser ce qu'il voulait. Ce serait toujours plus facile que de lui expliquer la vérité.

La vérité, c'est qu'un jour, il y a bien longtemps, une petite fille du nom de Linda Morse s'était agrippée aux jambes de son père en le suppliant de ne pas les abandonner, sa mère et elle. Mais il s'était arraché aux petites mains de l'enfant et il était parti. Elle entendait encore claquer la porte derrière lui. Elle l'entendrait toujours. Ainsi, elle n'oublierait jamais à quel point il est dangereux de mal choisir celui à qui l'on donne son amour. Fenton Harkness, qui pouvait avoir les plus jolies filles de la ville, n'était décidément pas celui qu'il lui fallait. Il avait peut-être envie de jouer avec elle un certain temps, mais de cela, elle ne voulait pas. Pour Linda, amour rimait avec toujours.

Elle se félicita d'avoir gardé le silence car il semblait déjà se désintéresser d'elle. A nouveau, ses façons se firent plus brutales.

– C'est d'accord, donc. Je vous ramène à la boutique. Plus tôt vous donnerez votre préavis à Mme Brady et mieux cela vaudra.

Elle hocha la tête, en proie à une étrange tristesse. Etait-il possible qu'elle ait déjà le mal du pays? Fenton n'était sans doute pas étranger à cette nostalgie qu'elle ressentait à l'idée de quitter San Francisco. Elle allait partir pour l'Italie, et lui resterait là. Elle ne le connaissait que depuis trois heures, mais il faisait presque partie de sa vie. Jamais elle n'oublierait les reflets roux qui jouaient sur ses cheveux auburn, la profondeur insondable de ses yeux verts, et la façon dont cette bouche sévère pouvait s'adoucir – ces lèvres qu'elle avait senties contre les siennes, si douces d'abord, puis si brûlantes, si insatiables.

Comme il démarrait, Linda jeta un dernier regard à la baie en se demandant si le temps n'était pas responsable de son étrange humeur. Le vent s'était soudain levé, couronnant les vagues de flocons d'écume et poussant au-dessus du Golden Gate un banc de brouillard qui, obscurcissant le soleil, enveloppa cette journée radieuse d'un voile maussade.

Fenton aussi s'était assombri. Plongé dans un

profond silence, il prit, pour rentrer au magasin de Mme Brady, une route différente. Il monta cette fois la côte de Nob Hill, passant devant les quelques villas cossues qui, au milieu des hôtels et des clubs privés, témoignaient d'une époque révolue. L'une de ces maisons était celle qu'il partageait avec sa tante.

Après le Mark Hopkins et le Fairmont Hotel, dont les tours couronnaient la colline, ils descendirent d'un trait jusqu'à l'Embarcadero où des navires en provenance du monde entier attendaient. De temps en temps, Fenton ponctuait le silence d'une remarque caustique. Il lui demanda si elle avait un passeport et si elle pourrait être prête dans une semaine.

– Je pense que oui, répondit-elle, ne sachant pas très bien comment elle allait se débrouiller en si peu de temps pour quitter son travail, louer son appartement, dire au revoir à ses amis, faire ses valises et les quelques courses indispensables. Rome était célèbre pour ses boutiques, bien sûr, mais elle ne s'attendait pas à y trouver une succursale de *Macy's*, son magasin favori. Mieux valait prendre ses précautions avant de partir.

Décidant de laisser ces préoccupations de côté pour le moment, elle savoura le plaisir de se laisser conduire par un homme dont les épaules puissantes se faisaient un jeu de guider en souplesse la lourde berline à travers la circulation de Grant Avenue, la rue principale du fameux quartier chinois de San Francisco.

Ils s'arrêtèrent enfin devant la boutique et Fenton se tourna vers elle.

– Je vous ferai signe dès que je connaîtrai l'heure de votre vol. Si je ne viens pas moi-même vous chercher, je m'arrangerai pour que quelqu'un vous conduise à l'aéroport.

Elle hocha la tête. Sauf peut-être le jour du

départ, elle ne le verrait plus pendant un an. Un an, c'est très long... Elle tourna lentement la poignée, sans le quitter des yeux.

– Merci pour le déjeuner. Ça m'a fait très plaisir... en dépit de tout.

Elle lui sourit pour lui indiquer qu'elle ne lui gardait pas rancune, espérant qu'il aurait la bonne idée de suggérer un autre déjeuner ou même un dîner avant son départ. Ils avaient encore quelques questions à régler. Que faire, par exemple, si Althea tombait malade? Elle avait déjà eu une légère attaque cardiaque l'année dernière...

– Le plaisir était pour moi, dit-il d'une voix neutre. Au revoir.

– Euh... Cela vous ennuie que je vous appelle si j'ai un problème?

– Bien sûr que non.

Il sortit une carte de sa poche et la lui tendit avec un dernier « au revoir » hâtif.

Linda descendit maladroitement de la berline. Quand diable se décideraient-ils à fabriquer des voitures d'où une femme puisse sortir gracieusement? Mais ce n'était pas après les constructeurs d'automobiles qu'elle en avait. C'était Fenton Harkness qu'il aurait fallu réviser, pour ne le remettre en circulation qu'une fois débarrassé de son esprit soupçonneux. Il ne lui faisait toujours pas confiance, sinon il ne l'aurait pas quittée si froidement, sans même un mot gentil.

– Au revoir! dit-elle en claquant la portière de toutes ses forces.

Elle espérait bien maintenant qu'il ne viendrait pas la chercher pour la conduire à l'aéroport. Tant mieux si elle ne le voyait pas pendant un an... ou même plus jamais...

2

Linda attendait. Ses valises étaient faites, et elle guettait Fenton. Il l'avait appelée deux jours plus tôt pour lui annoncer qu'il viendrait la chercher lui-même. Le décollage était prévu en fin d'après-midi. Linda plissa les yeux dans le soleil couchant et sourit en repensant à la réaction de Mme Brady. Quand elle lui avait appris la nouvelle, abandonnant son rôle de patronne autoritaire, Mme Brady s'était montrée presque chaleureuse.

– Demoiselle de compagnie d'Althea Berenson! Vous êtes assez jolie fille, Linda. Il ne faudrait pas grand-chose pour vous arranger : un peu de maquillage, une coiffure plus disciplinée... Si vous savez mener votre barque... Ce ne serait pas la première fois qu'un homme riche tombe amoureux d'une de ses employées. Il y a quelques années, un Rockefeller a épousé une infirmière...

Linda l'avait interrompue d'un éclat de rire, sans même prendre la peine de lui expliquer qu'elle ne reverrait plus Fenton après le départ. Munie de son passeport et vêtue d'un ensemble acheté spécialement pour le voyage, elle s'envolerait bientôt et atterrirait dans quelques heures au pays de ses rêves.

La voiture vint se garer devant l'immeuble, et Fenton traversa le trottoir en quelques enjambées.

– J'espère que vous êtes prête, dit-il en guise de bonjour.

Son costume sombre parfaitement coupé lui allait comme un gant. Ses cheveux, encore humides d'une douche récente, luisaient dans les rayons obliques qui filtraient à travers les stores vénitiens. Ses traits burinés étaient plus séduisants encore que dans son souvenir.

– Bien sûr que je suis prête. Je ne suis pas du genre à croire que l'avion va m'attendre.

Elle allait empoigner ses valises, mais il l'écarta d'un geste impatient.

– Je m'en charge. Prenez votre sac de voyage. Si vous êtes sûre de ne rien oublier, allons-y.

Pourquoi était-il toujours si pressé? Ils avaient dix fois le temps d'arriver à l'heure.

– Je n'oublie rien, assura-t-elle. Vous avez dû avoir beaucoup de mal à attendre neuf mois pour venir au monde, ne put-elle s'empêcher d'ajouter.

Il rejeta la tête en arrière et éclata de rire. Elle mourait d'envie de l'imiter, mais n'en fit rien. Au moindre gloussement, il s'empresserait de reprendre son sérieux et l'accuserait de les mettre en retard.

– D'après ma mère, je donnais des grands coups de pied les deux derniers mois. La patience n'est pas mon fort, c'est vrai. Mais quand on est à la tête d'une entreprise comme Berenson Imports, on est tout le temps sous pression. Il suffit de s'arrêter une seconde pour souffler et tous les concurrents en profitent.

Soudain très fatigué, il faisait réellement son âge. Linda avait vu en lui un souverain tout-puissant. Elle se rendait compte maintenant que sa position l'obligeait à rester constamment sur ses gardes pour conserver son empire.

– Je comprends, dit-elle gentiment.

Il la regarda avec, au fond des yeux, une douceur

qu'elle n'y avait jamais vue. Etait-il triste à l'idée de la quitter?

– Cette couleur vous va bien, remarqua-t-il avec maladresse, comme s'il n'avait pas l'habitude de faire des compliments.

– C'est mandarine.

Il hocha la tête, sans cesser de la détailler.

– Je croyais que vos yeux étaient marron. En fait ils sont...

Il plissa le front, cherchant le mot juste.

– Couleur d'ambre. Du moins, c'est ce qu'on m'a dit, coupa-t-elle.

Ses manières changèrent aussitôt.

– Je vois. Un de vos jeunes admirateurs, sans doute. Dépêchez-vous un peu. Comme vous le disiez, les avions n'attendent pas.

Linda saisit son sac et se hâta de le suivre.

Althea était dans la voiture. Linda s'installa à côté d'elle tandis que Fenton se glissait au volant.

– Formidable, non? s'écria Althea en lui prenant la main. Tu te rends compte? dans quelques heures nous serons en Italie!

– Je ne pense qu'à ça, répondit Linda en pressant la main de son amie.

Althea avait beaucoup de chic. Elancée, la tête auréolée de cheveux argentés, elle avait un teint de pêche et des yeux bleus dont l'âge n'avait pas terni l'éclat. Son plus grand attrait était assurément son enthousiasme. Toujours prête à tenter de nouvelles expériences, à lier de nouvelles amitiés... qualité qui l'avait poussée à nouer avec Linda des relations pleines de chaleur et d'humour.

– La villa a tout pour nous plaire, dit-elle comme la voiture s'engageait sur l'autoroute de Bayshore, en direction de l'aéroport. C'est un des associés de Fenton, à Rome, qui nous la loue. Le personnel est au complet. Nous n'aurons plus qu'à nous installer et à planter nos chevalets. Tu peindras aussi, ma chérie. Tu as vraiment beaucoup de talent. Tes petits tableaux en demi-teintes sont ravissants. C'est tellement dommage que tu aies dû interrompre tes cours quand ta mère...

Fenton prit brusquement la parole.

– J'ignorais que vous étiez une artiste frustrée, Linda.

– Je ne suis pas frustrée. J'avais en effet l'intention de me consacrer à la peinture, mais la vie en a décidé autrement et j'ai dû m'incliner.

– Je vous demande seulement de ne pas oublier pourquoi vous êtes en Italie, répliqua-t-il d'un ton cassant.

– Pour l'amour de Dieu, Fenton! s'écria Althea. Tu te conduis comme un sauvage! Ce n'est pourtant pas dans ta nature. C'est le surmenage, sans doute, ajouté à tous les soucis que je te donne. Tu ne peux pas imaginer quel adorable enfant c'était, poursuivit-elle en regardant Linda.

– *Tante Althea!*

Linda réprima un éclat de rire. Comment imaginer Fenton sous les traits d'un adorable bambin? Elle devait l'aimer beaucoup trop pour s'apercevoir qu'il n'était qu'un affreux gamin, pensa-t-elle.

Fenton confia la voiture à un employé de l'aéroport. Les porteurs se précipitèrent pour se charger des bagages. Après quelques minutes d'attente dans le hall, il escorta les deux femmes jusqu'à l'appareil. En haut de la passerelle, une grande blonde fit mine de l'arrêter.

– Seuls les passagers sont admis à bord, monsieur.

– J'en ai pour une seconde, dit-il avec un sourire éblouissant.

Subjuguée, la belle hôtesse lui céda le passage.

Dès qu'Althea fut installée, Fenton attira Linda dans un renfoncement.

– Une dernière recommandation à vous faire.

– Oui?

A ses côtés, elle ne pouvait s'empêcher de se sentir faible et fragile. Sa taille, sa carrure et l'impression de puissance qui se dégageait de toute sa personne, la troublaient considérablement, malgré les quelques centimètres qu'elle avait en plus sur la moyenne des femmes, et dont elle était très fière. Levant les yeux sur sa bouche, elle se rappela le contact de ses lèvres sur les siennes. Que se serait-il passé si elle n'avait pas brisé son élan? Au lieu de lui donner des instructions de dernière minute, il la tiendrait peut-être dans ses bras?

– Comme je vous l'ai dit, reprit-il, les gens essaient toujours de profiter de ma tante. Je ne vois pas pourquoi ce serait différent en Italie. Elle y a déjà séjourné il y a quelques années et en est revenue avec un vase de Cellini. Une pièce soi-disant fort rare qui s'est révélée être un faux. Cette petite escroquerie nous a coûté un quart de million de dollars.

– Oh!

– Je veux que vous surveilliez Althea. Si vous la voyez fréquenter des personnes suspectes, des gens qui vous paraissent douteux, appelez-moi immédiatement. Vous avez mon numéro de téléphone.

Elle le fixa d'un regard incrédule.

– Vous me demandez de l'espionner!

– Ne dites pas de bêtises, je n'ai jamais parlé de ça. Je veux simplement que vous m'aidiez à la protéger d'elle-même. Un bon baratineur arriverait à lui vendre le Colisée!

– Je refuse de croire qu'elle soit aussi stupide, rétorqua Linda. De toute façon je refuse de l'espionner. Appelez ça comme vous voudrez, il ne s'agit pas d'autre chose.

Il se renfrogna. Un steward fit soudain irruption

et leur adressa un sourire complice, comme s'il pensait avoir interrompu un tendre tête-à-tête.

– Je suis désolé, mais les passagers doivent rejoindre leur place pour le décollage.

Fenton hocha la tête.

– Juste une seconde, s'il vous plaît, dit-il en évitant de faire remarquer qu'il n'était pas du voyage.

Dès qu'ils furent seuls à nouveau, il devint pressant, presque fébrile.

– Promettez-moi de faire ce que je vous demande. Ma tante est tellement malheureuse chaque fois qu'elle découvre qu'on a abusé de sa confiance!

Linda étouffait de rage.

– Vous avez attendu la dernière minute pour m'en parler! Vous saviez bien que je ne serais jamais d'accord. Eh bien, votre petit stratagème ne marche pas. Vous ne pouvez pas m'y obliger. Je trouve ce procédé sordide et hypocrite.

Il ne se défendit pas de lui avoir tendu un piège.

– Faites ce que je vous dis ou le voyage est annulé.

– Mais Althea...

– Je sais. Elle se fait une joie de ce séjour en Italie. Elle sera très déçue, mais rien ne m'empêchera de la faire descendre de l'avion si vous ne promettez pas de me prévenir.

– Je... je vous hais! fut la seule réponse que Linda parvint à articuler.

Il la prit par les épaules et la secoua doucement.

– Ne faites pas l'enfant. C'est pour son bien. Si vous l'aimez autant que vous le prétendez...

– Je ne prétends rien du tout!

– Alors, promettez. J'espère que vous n'aurez pas besoin de me téléphoner, mais je veux votre promesse au cas où.

Linda n'aurait pas supporté qu'Althea soit malheureuse à cause d'elle. De plus, elle n'avait plus ni travail ni appartement.

– *Très bien, j'accepte!* lança-t-elle.

Cela ne lui suffisait pas.

– J'ai votre parole d'honneur?

– Je vous dis que je vous appellerai, qu'est-ce qu'il vous faut de plus?

Aveuglée par les larmes de colère qui lui montaient aux yeux, elle sentit les lèvres qui lui avaient une fois déjà volé un baiser, effleurer sa bouche.

– Merci, petite fille, dit-il en riant.

Le temps qu'elle refoule ses larmes, il était parti.

3

Linda regarda autour d'elle. Avec ses dorures et ses meubles incrustés d'ivoire, la chambre était somptueuse. Elle osait à peine y croire. Que se passerait-il si elle s'éveillait soudain et découvrait que ces cinq jours passés dans une villa idyllique des monts Albains n'étaient qu'un rêve? Elle traversa nonchalamment son salon privé et fit glisser la porte qui donnait sur le balcon. Appuyée à la rampe de fer forgé, elle dominait un jardin d'une beauté éblouissante. Lauriers-roses et rosiers poussaient à profusion sur un fond d'oliviers tourmentés. Sur le mur qui séparait le jardin de la colline voisine, cascadait une glycine. Au sommet de la pente doucement vallonnée, se détachaient les ruines d'un château. Ces vestiges qui avaient traversé les siècles la fascinaient. La vieille demeure était-elle habitée? Elle n'y avait vu jusqu'ici aucun signe de vie. Certaines parties de l'édifice paraissaient pourtant encore en assez bon état.

Tout en contemplant le paysage, elle se remémora les récents événements: le vol de nuit au-dessus de l'océan, et leur arrivée à l'aéroport Leonardo da Vinci, où les attendait un chauffeur en uniforme.

– Je suis Amerigo, de la villa Bianca, leur avait-il annoncé.

C'était un jeune homme séduisant à la carrure d'athlète. Une épaisse chevelure bouclée encadrait son visage. D'un coup d'œil il comprit que la femme en tailleur de tweed était son nouvel employeur.

– A votre service, signora, dit-il en s'inclinant devant Althea.

Beaucoup moins délicat que ses manières, le regard qu'il posa sur Linda ne laissait aucun doute sur ses intentions. Il l'avait classée parmi les domestiques et estimait qu'elle était à sa portée. Se souvenant qu'elle était au pays de l'amour, Linda ne s'offensa pas de cet hommage muet et se cantonna dans une réserve prudente.

– La signora est très fatiguée. Occupez-vous des bagages, voulez-vous ?

Il lui adressa un dernier regard conquérant et les installa dans une vieille limousine. Il conduisait à une vitesse vertigineuse, comme tout le monde ici, apparemment. De temps en temps, il lançait un commentaire, transformant le trajet en visite guidée.

– Nous roulons en ce moment sur la voie Appienne... Nous montons vers les monts Albains... Ici commence la région des châteaux...

La voie Appienne !... Linda observa un silence respectueux. Elle ouvrit de grands yeux pour admirer les sépultures ancestrales et les aqueducs qu'ils longeaient. Ils traversèrent des villages qui semblaient ne pas avoir changé depuis le Moyen Age, et atteignirent enfin de larges grilles qui s'ouvraient sur une allée bordée de cyprès. Amerigo arrêta la voiture devant une grande maison blanche à l'architecture élégante.

– La villa Bianca !

Deux servantes les accueillirent dans le vestibule.

– Je m'appelle Maria, dit une gracieuse jeune fille. Je suis heureuse de pouvoir vous servir, signora, signorina.

L'autre, entre deux âges, les traits revêches et le

regard noir, les salua avec raideur : Mme Merola, cuisinière et gouvernante.

Linda connaissait l'histoire du domaine. La propriétaire se trouvait dans une maison de retraite et son agent louait la villa avec les domestiques. Le personnel restait sur place, passant d'un locataire à l'autre.

Un coup frappé à la porte vint interrompre sa rêverie.

— Entrez!

C'était Maria.

— La signora aimerait que vous preniez le déjeuner avec elle sur la terrasse, dit-elle dans son anglais hésitant.

Linda prit le temps de se rafraîchir et passa une robe d'un beau jaune jonquille, sa couleur préférée. Elle aurait aimé arranger ses cheveux, mais ils demeuraient rebelles à toute discipline. Ses boucles soyeuses s'obstinaient à se dresser en tortillons insoumis autour de son visage. Plus elle essayait de les aplatir, plus ils frisaient. Elle finit par abandonner et descendit.

Althea était déjà installée à la table de fer forgé sur la terrasse. C'était une journée ensoleillée du début du mois de mai.

— Quel climat enchanteur! dit Linda en prenant place. Il y a un parfum de fleurs d'oranger dans l'air...

— De citronnier, corrigea doucement Althea. Ça vient de ce bosquet, de l'autre côté du mur.

On leur servit un plat de pâtes qui embaumait le thym et la sauge, et une salade verte. Maria resta à leurs côtés jusqu'au dessert et débarrassa la table, ne laissant qu'une coupe de fruits. Pendant qu'Althea dégustait son café, Linda se régalait de figues fraîches et de cerises d'une douceur extraordinaire, les yeux fixés sur les ruines au sommet de la colline.

– Je me demande s'il est habité, dit-elle en pointant un doigt taché de jus de cerise vers le château. Il y a quelqu'un! s'écria-t-elle soudain d'une voix fébrile.

Une élégante voiture franchit majestueusement les grilles du château et s'élança à toute allure sur la route sinueuse. Impossible de distinguer les traits du chauffeur, mais Linda eut l'impression qu'il était aussi jeune que beau.

Althea était manifestement du même avis.

– Peut-être notre voisin viendra-t-il nous rendre visite un de ces jours, dit-elle avec un sourire malicieux. J'imagine qu'il est célibataire, sinon il serait plus prudent. Voilà une année qui s'annonce plus intéressante pour toi que prévu, ma chérie.

Linda éclata de rire.

– Ça m'étonnerait que le mariage rende plus prudents ces conducteurs italiens! Il a sans doute une femme et cinq *bambini*! Ce qui ne me gêne absolument pas. Je ne suis pas à la recherche d'une idylle, vous savez.

Les yeux d'Althea pétillèrent.

– Une fille comme toi n'a pas besoin de chercher. Cela vient tout seul, un jour ou l'autre.

– Cela ne m'intéresse pas. Quand je serai de retour aux Etats-Unis, peut-être. Mais je veux profiter de mon séjour pour voir le pays. Je sais bien qu'une occasion pareille ne se représentera jamais!

– Bien sûr que si. On demandera à Amerigo de nous conduire à Rome. Tu jetteras une pièce dans la fontaine de Trévi et comme ça tu seras sûre de revenir.

Elles avaient fait quelques incursions dans les collines, découvert des ruines intéressantes et des sites magnifiques, mais ne s'étaient pas encore aventurées jusqu'à Rome.

– La fontaine de Trévi, répéta Linda, rêveuse. Je n'ose pas croire que je vais la voir. La piazza di Spagna, Saint-Pierre...

L'apparition de Mme Merola coupa court à son énumération.

– J'espère que mon déjeuner vous a plu, signora Berenson.

Elle s'adressait à sa patronne avec une politesse guindée, sans prêter la moindre attention à Linda.

– C'était excellent, répondit Althea. Vous êtes bonne cuisinière, madame Merola, et vous vous occupez à merveille de la maison. J'apprécie beaucoup votre efficacité.

Avec un sourire crispé, la gouvernante s'apprêtait à se retirer quand Linda prit la parole.

– Nous venons de voir une voiture sortir du château. Savez-vous qui y habite?

Le visage émacié de Mme Merola s'empourpra. Elle fixa les ruines d'un regard exalté.

– La contessa di Grazia et son fils Guido! Un jour cette maison maudite finira par s'écrouler, marmonna-t-elle entre ses dents serrées. Et ce sera la fin des di Grazia! Je ne vis que pour voir ça!

Linda ne cacha pas son étonnement.

– Comment ça, maison maudite? Vous parlez du château ou de ses habitants?

– Ce sont les di Grazia qui sont maudits! S'ils n'avaient pas volé ma famille, je ne travaillerais pas aujourd'hui comme domestique. Je vivrais chez moi.

– Vous ne pouvez pas les poursuivre en justice?

La femme ricana.

– Il est beaucoup trop tard, maintenant.

– Mais puisque Guido et sa mère vous ont volé...

Mme Merola secoua la tête avec impatience.

– Pas eux, mais leurs ancêtres. Ça s'est passé en 1652.

Linda laissa échapper une exclamation incrédule, et la gouvernante se rembrunit.

– Excusez-moi, mais il y a si longtemps que tout cela est arrivé. Je suis surprise que...

– Que je leur en veuille encore? dit-elle dans son anglais parfait. Trois cents ans, ce n'est rien pour une telle offense! Je remercie le ciel d'avoir des enfants et des petits-enfants : ils pourront ainsi continuer à poursuivre les di Grazia de leur haine implacable!

Elle tourna les talons et s'éloigna avec raideur. Linda et Althea échangèrent un regard stupéfait.

– C'est vraiment incroyable! s'exclama Linda. Je me demande si la contessa et son fils savent qu'ils sont l'objet d'une telle rancune.

Althea secoua la tête.

– Nous ne le saurons probablement jamais. Je pensais que le jeune homme viendrait nous rendre visite un de ces jours, mais s'il est noble, cela change tout. Ces aristocrates italiens sont extrêmement fiers, même quand la misère les oblige à laisser tomber en ruine le château de leurs ancêtres. Ils ont parfois une généalogie qui remonte à la Rome antique : pas surprenant que le reste de l'humanité leur apparaisse comme des barbares! Non, vraiment, je ne crois pas que le comte di Grazia daignera se déplacer pour saluer deux étrangères en villégiature.

Elles décidèrent de descendre au jardin. La large volée de marches qui partait de la terrasse les mena jusqu'au bassin. Linda tira une chaise dans l'ombre d'un pin parasol.

– Asseyez-vous là, vous aurez droit à un peu de soleil entre les branches. Tenez. Laissez-moi vous glisser ce coussin derrière la tête.

Althea éclata de rire.

– C'est mon neveu qui vous a demandé de me dorloter? Ça ne m'étonnerait pas! Je l'entends d'ici : « Veillez à ce qu'elle mange bien! A ce qu'elle profite du soleil, mais pas trop. Et surtout, il lui faut du repos. » Il vous a dit d'appeler le docteur au moindre éternuement?

Le sourire de Linda s'évanouit. Le souvenir de la promesse que Fenton lui avait arrachée la hantait. Elle ne souhaitait qu'une chose : ne pas avoir l'occasion de lui obéir, ce qui serait probablement le cas, car elle ne voyait pas comment Althea pourrait se retrouver dans les griffes d'un escroc.

Elle s'assura que son amie était confortablement installée avant de s'asseoir à son tour. La haine de Mme Merola pour la famille di Grazia alimenta un moment leur conversation. Heureusement, la vivacité de Maria, la petite bonne, compensait largement l'austère sévérité de la gouvernante. Althea s'assoupit et Linda se laissa aller à une douce torpeur.

Elle avait connu une enfance heureuse aux côtés de sa mère. Le soir, en rentrant, son père la soulevait dans ses bras puissants et frottait doucement ses joues rugueuses contre son petit visage.

Elle avait cinq ans environ quand elle se rendit compte que, contrairement aux autres papas, le sien ne rentrait pas tous les jours à la maison. A la même époque, elle comprit également que les individus menaçants qui venaient souvent frapper à leur porte étaient des créanciers. Plus d'une fois elle s'était réveillée au milieu de la nuit en entendant sa mère accuser son père « d'avoir d'autres femmes » et de gaspiller son argent au jeu pendant que sa famille vivait dans le dénuement.

– Ce n'est pas vrai du tout, chérie, répondait-il. Je n'ai que deux femmes dans ma vie : toi et la petite Linda.

Il lui expliquait ensuite qu'il avait perdu son argent dans un investissement malchanceux...

– Je voulais décrocher la timbale pour que ma reine et ma petite princesse puissent avoir tout ce qu'elles méritent.

– Oh Dan!

Linda aimait trop son père pour comprendre la raison de ces reproches. Jusqu'au jour où il apparut à la porte, ses valises à la main. Ce jour-là, elle s'était cramponnée à lui en le suppliant de rester. Il s'était dégagé, prétendant que c'était « mieux comme ça », et la porte avait claqué derrière lui.

Par la suite, il avait envoyé quelques cadeaux, un peu d'argent mais, comme disait sa mère :

– On ne peut pas compter sur lui, Linda. Il est impossible de compter sur un homme comme Daniel Morse, pas plus que sur les autres d'ailleurs! On ne m'y reprendra plus!

Elle avait trouvé un emploi. Après l'école, c'était une vieille voisine qui s'occupait de Linda.

– Je ne supporte pas le bruit, avait-elle dit dès le premier jour.

Linda avait donc appris à rester tranquille. La lecture, le dessin et, plus tard, la peinture, occupaient son temps. Même lorsqu'elle rentrait éreintée du grand magasin où elle travaillait, jamais sa mère n'avait manqué d'encourager ses efforts.

– C'est très beau, ma chérie. Tu as vraiment beaucoup de talent. J'aimerais tant que tu deviennes une artiste et que ta vie soit plus heureuse que la mienne!

Linda rêvait de devenir célèbre. Elle gagnerait beaucoup d'argent et sa mère n'aurait plus jamais besoin de s'épuiser à la tâche. Elle finit par demander une bourse pour suivre les cours des Beaux-Arts. Quelle joie quand sa candidature fut acceptée! Hélas! le jour même sa mère avait eu un malaise. A l'hôpital, où Linda se précipita en apprenant la nouvelle, le médecin lui avoua son impuissance.

– Elle aurait dû venir plus tôt! Ça fait des mois qu'elle a dû ressentir les premiers symptômes! Je ne comprends pas. Pourquoi faut-il toujours que les gens attendent le dernier moment?

« C'est qu'elle ne pouvait pas se permettre de manquer une seule journée de travail », pensa Linda. Mais les mots ne franchirent pas ses lèvres. Elle se contenta d'écouter attentivement les instructions du médecin et passa l'année suivante à soigner sa mère.

Le jour de sa mort, grâce à une vieille carte postale sur laquelle était inscrite son adresse, Linda avait réussi à joindre son père au téléphone. Il ne pouvait pas se rendre à San Francisco pour l'enterrement. Il était, disait-il, sur une grosse affaire.

– Mais je ne t'oublie pas, tu sais. Quand j'aurai fait fortune, je t'offrirai un voyage autour du monde. Tu l'as bien mérité.

Linda déchira la carte postale, enterra sa mère et, avec les maigres ressources qu'elle tira de la vente de leurs biens, s'inscrivit à l'université de San Francisco en sciences économiques.

Elle ne tarda pas à découvrir que ces études ne lui convenaient pas et abandonna au bout de quelques mois. Cet emploi dans une boutique de fournitures pour artistes peintres tombait à point nommé. Depuis, elle s'était efforcée de vivre au jour le jour. C'était, paraît-il, le secret du bonheur...

Les journées se déroulaient sans problème. La nuit, par contre, seule dans son appartement misérable, la solitude se faisait pesante. Les garçons avec qui elle sortait l'ennuyaient ou l'humiliaient en la traitant comme un objet! S'il lui arrivait de rencontrer quelqu'un d'attirant, il y avait toujours en lui quelque chose qui lui rappelait son père. Un rire un peu facile, des manières de beau parleur, un regard appuyé pour détailler les autres femmes, ou tout simplement un coup d'œil au résultat des courses dans le journal. C'est ainsi qu'elle s'était retrouvée solitaire et délaissée, jusqu'au jour où cette occasion merveilleuse s'était proposée...

Remontant l'allée, des pas pressés se firent entendre, la ramenant au présent. Althea ouvrit les yeux.

Un petit plateau d'argent à la main, Maria approchait.

– Un visiteur, signora.

Le visage en feu, les yeux brillants d'excitation, la jeune bonne tendit son plateau.

Althea saisit la carte qu'on y avait déposée. De loin, Linda distingua le luxueux relief des lettres gravées sur l'épais vélin et la couronne qui les surmontait.

– Guido di Grazia sollicite l'honneur de venir nous présenter ses hommages, murmura Althea après avoir longuement étudié la carte.

– Et vous qui pensiez que les di Grazia demeureraient hautains et distants, observa Linda avec un sourire.

– Je suis heureuse de m'être trompée, mais le comte ne restera sans doute pas très longtemps. Il s'agit d'une visite de courtoisie, j'imagine.

Linda essaya de dissimuler sa curiosité quand le visiteur apparut sur la terrasse.

Il n'était pas vraiment beau. Ses traits étaient trop mous, son expression trop doucereuse pour lui plaire. Il n'était pas grand non plus, mais la sveltesse et l'élégance de sa silhouette faisaient illusion. Il devait être âgé de vingt-sept ou vingt-huit ans tout au plus.

Althea lui tendit une main qu'il s'empressa de porter à ses lèvres. Jusqu'ici, Linda n'avait vu cela qu'au cinéma. Elle trouva le geste charmant.

– J'habite cette ruine sur la colline, dit-il avec un sourire. Autant faire connaissance puisque nous sommes voisins. Je veux que vous sachiez, signora, que je suis à votre disposition pour vous aider en quoi que ce soit...

– Merci, comte...

Il l'interrompit d'un geste.

– Cela fait des années qu'on n'utilise plus ces vieux titres, en Italie! Appelez-moi Guido, je vous en prie.

Althea hocha la tête et lui présenta Linda, sans mentionner qu'elle était à son service.

– Signorina...

Il s'inclina profondément et, bien qu'il ne lui baisât pas la main, il la couvrit d'un regard admiratif.

– Voulez-vous vous asseoir, Guido? proposa Althea.

Il prit un siège et tira un étui à cigarettes en or, qu'il tendit aux deux femmes tour à tour. Comme elles déclinaient son offre, il demanda dans un anglais pimenté d'un délicieux accent :

– Cela vous gênerait-il que je fume?

Après avoir reçu l'assurance que cela ne les dérangeait nullement, il tira de sa poche un briquet assorti à l'étui, et alluma une cigarette qui répandit bientôt un arôme capiteux. Une marque coûteuse, pensa Linda en se demandant s'il était aussi démuni que le laissait supposer l'état de son château.

– C'est votre première visite en Italie, signora?

Althea lui expliqua que le pays lui plaisait beaucoup et qu'elle y était venue plusieurs fois.

– Cela dit, je n'avais jamais encore rencontré d'aristocrates, dit-elle avec sa franchise habituelle. On m'a toujours dit que les vieilles familles italiennes étaient très hautaines et imbues de leur passé prestigieux...

– Il n'y a pas grand mérite à être né dans une famille noble, répondit-il avec un petit rire. Quant à mes exploits personnels, j'ai bien peur qu'il n'y en ait aucun dont je puisse m'enorgueillir! Non, signora, je ne suis pas fier.

Linda se permit d'en douter. Il était vêtu à la dernière mode et ses cheveux noirs, plus longs qu'on ne les portait aux Etats-Unis, étaient coupés à merveille. Ses ongles étaient soigneusement manucurés et il embaumait un parfum de prix. Pas fier peut-être, mais vaniteux assurément. Elle n'en voulait pour preuve que le soin exagéré qu'il prenait de sa personne. Quel genre de métier exerçait-il pour pouvoir se libérer ainsi en plein milieu de la journée?

– Je vous ai vu peindre, reprit-il, s'adressant toujours à Althea. N'allez pas croire que je sois indiscret, mais du château on a une vue plongeante sur votre jardin. C'est une véritable joie de voir un artiste à l'œuvre. Il faudra me montrer ce que vous faites. Je suis un très grand amateur d'art.

– Non, non, ma peinture ne vous intéresserait pas, se défendit Althea en riant. Ce n'est qu'un passe-temps. Linda, en revanche, est vraiment douée!

– Jeune, belle, avec du talent en prime! Il faut que vous me montriez vos œuvres, signorina. J'insiste. Cela me donnera un prétexte pour revenir vous voir.

Ses yeux bruns semblaient la caresser. Ces Italiens! pensa-t-elle. Ils se croient obligés de faire la cour à toutes les femmes qu'ils rencontrent.

– J'ai seulement peint quelques toiles et je ne crois pas avoir jamais l'occasion d'en faire d'autres.

Durant la maladie de sa mère elle s'était adonnée à sa passion. Une façon d'oublier son chagrin. Cédant aux instances d'Althea, elle lui avait montré la meilleure de ses œuvres : *l'Enfant des Brumes*, qu'elle gardait jalousement à l'abri des regards, en hommage à sa mère.

Guido eut un geste impérieux, balayant toute protestation.

– J'aimerais juger de votre talent par moi-même. Je ne suis pas critique professionnel, mais j'ai grandi entouré d'œuvres d'art. Je sais de quoi je parle. Il fut un temps où nous avions beaucoup de tableaux de maîtres au château. Il nous reste un Raphaël, ajouta-t-il en soupirant. Mais j'ai bien peur qu'on ne puisse pas le garder très longtemps.

– Un Raphaël! s'exclama Althea. Quelle merveille!

Guido hocha la tête.

– La dernière merveille des di Grazia. Et bientôt il nous faudra la vendre si nous ne voulons pas que notre château s'écroule! Comme vous avez pu le voir, la demeure de mes ancêtres n'est pas en très bon état...

Ses traits s'étaient brusquement teintés de mélancolie. Althea ne supportait pas de lire le malheur sur le visage des autres.

– Le château a dû être magnifique autrefois. Il a encore une certaine allure. Vous pouvez en être fier. Mais je crois qu'il vaudrait mieux ne pas trop attendre pour faire les réparations. Bien sûr, c'est dommage de vendre un Raphaël, mais si c'est pour vous la seule façon de vous en sortir...

Linda n'écoutait pas. Elle essayait de se rappeler ce que lui avait dit Fenton juste avant le départ. En parlant de son Raphaël, Guido avait éveillé en elle un très vague souvenir... « Les gens essaient toujours de profiter de ma tante, et je ne vois pas pourquoi ce serait différent en Italie. »

Elle était sidérée. Guido serait-il un escroc?

– Oui, vraiment, ce serait dommage de vendre un chef-d'œuvre pareil, disait Althea. Ce doit être un bonheur extraordinaire de posséder une telle merveille et de pouvoir la contempler à loisir. S'il était à moi, je crois que j'installerais une chaise devant pour y passer le restant de mes jours.

– Voilà bien la réaction d'un véritable collectionneur, répondit-il, les yeux brillants. Si je décide de vendre ce tableau – et je sais qu'il le faudra bien un jour, ajouta-t-il en s'assombrissant – j'aimerais que l'acheteur soit quelqu'un comme vous, quelqu'un qui sache vraiment l'apprécier. Je ne le vendrai jamais à un musée.

Ces quelques mots suffirent à alerter Linda. Guido semblait si bon, si prévenant. Elle savait bien pourtant que si les escrocs commettaient leurs forfaits avec tant d'assurance, c'était justement parce qu'ils n'avaient pas l'air de malfaiteurs.

– Puis-je vous offrir quelque chose à boire, Guido? proposa Althea. Un verre de vin, une tasse de thé...?

Il se leva, secouant la tête.

– Non, merci beaucoup, il faut que je parte. Je suis pris demain malheureusement, mais j'aimerais vous emmener déjeuner toutes les deux jeudi. Après quoi, je vous montrerai quelques-uns des trésors de la région. Je peux passer vous chercher à midi?

– Quelle bonne idée! s'exclama Althea. Nous acceptons avec joie, n'est-ce pas, ma chérie?

Linda hocha la tête. Elle préférait ne pas la laisser seule avec Guido. En les accompagnant, elle pourrait l'observer attentivement. A la moindre alerte, elle appellerait Fenton.

– A jeudi, donc, dit Guido en s'inclinant sur la main d'Althea. Et j'espère que vous nous ferez bientôt, à la comtesse, ma mère, et à moi-même, l'honneur de venir dîner au château.

Il s'était défendu d'appartenir à la noblesse, mais cela ne l'empêchait pas de dire « la comtesse » en parlant de sa mère. Cherchait-il à impressionner Althea? Linda fronça les sourcils. Décidément, la méfiance de Fenton était contagieuse.

– Linda, ma chérie, peux-tu raccompagner Guido?

Linda accepta vivement. En tête-à-tête, elle arriverait peut-être plus facilement à le percer à jour.

Ils remontèrent l'allée, gravirent les marches qui menaient à la terrasse et pénétrèrent dans la maison. Guido ne tarissait pas d'éloges sur la personnalité d'Althea, le charme de la villa, la douceur du climat...

– Vous êtes de sa famille? demanda-t-il en traversant le vestibule de marbre.

– Non. Je suis sa demoiselle de compagnie, répondit sèchement Linda.

Pourquoi ce brusque intérêt? Espérait-il avoir affaire à une riche héritière?

Il ne parut pas déçu par sa réponse.

– Elle semble vous aimer beaucoup.

– J'en suis persuadée, et je l'aime tout autant, rétorqua-t-elle, crispée.

Ils arrivaient à la porte. Guido paraissait troublé.

– J'ai dit quelque chose qui vous a offensée?

Ses yeux étaient si doux, si humbles, qu'elle eut soudain honte de sa conduite. Fenton l'avait traitée de la même façon et elle savait combien c'était pénible.

– Non, pas du tout, assura-t-elle avec un sourire.

– Ah! tant mieux! Je ne pourrais pas supporter que vous m'en vouliez. Il faut que je vous avoue quelque chose, mais promettez-moi de ne pas vous vexer. Ce n'est pas Althea que j'ai regardée peindre, mais vous. Dès le premier instant où je vous ai vue, j'ai été frappé par votre beauté et la pureté de votre âme qui se reflète dans vos yeux.

A ces mots, les doutes de Linda revinrent en force. Elle savait bien qu'elle n'était pas belle. Du moins, pas du genre de beauté qui enflamme un homme au premier regard. Il essayait sans doute de se ménager des entrées à la villa.

– Au revoir, coupa-t-elle sèchement.

– Vous voyez, vous êtes fâchée! s'écria-t-il d'un ton peiné.

– Pas du tout. Il faut seulement que j'aille retrouver Althea. Je suis payée pour lui tenir compagnie, voyez-vous.

Il l'étudia pensivement.

– Ah! je sais! Vous avez un amant aux Etats-Unis. Ça ne peut pas être autre chose. Vous êtes fiancée et mon bavardage vous a déplu.

S'il jouait la comédie, il le faisait très bien. Linda se surprit à répondre :

– Non, je n'ai pas d'amant. Pas plus aux Etats-Unis qu'ici, d'ailleurs!

Le sourire de son compagnon se fit aussi chaud et aussi étincelant que le soleil d'Italie.

– Je suis un homme heureux. Je sais maintenant qu'il me reste une chance et je comprends enfin pourquoi je ne suis encore jamais tombé amoureux, ajouta-t-il d'une voix caressante. Je vous attendais, chère petite Linda... et vous m'attendiez aussi, bien que vous, vous ne le sachiez peut-être pas encore.

Elle eut un rire gêné. Comment faire avec un homme aussi entreprenant? La plupart de ceux qu'elle avait rencontrés jusqu'ici gardaient leurs démonstrations de tendresse pour la fin de la soirée, et même alors c'était beaucoup plus sommaire :

« On va chez toi ou chez moi? »

Elle avait du mal à prendre cet Italien au sérieux.

– Je dois retourner auprès d'Althea, répéta-t-elle.

– Bien sûr. *Addio, cara*, ajouta-t-il, plus câlin.

– Quelle chance nous avons! s'écria Althea. Quand je pense que nous allons visiter les monts Albains avec un autochtone! C'est bien mieux qu'avec un guide. Et quel plaisir de dîner au château avec la comtesse! J'ai tellement hâte de voir leur Raphaël!

Ravie de la joie de son amie, Linda souriait. Mais en entendant ces mots, elle se rembrunit. Ce Raphaël était-il une œuvre originale ou une vulgaire copie que Guido se proposait d'offrir à sa riche voisine en contrepartie de quelques millions de dollars?

– Ce tableau n'est peut-être pas authentique, suggéra-t-elle prudemment. Il se fait peut-être des illusions. Il arrive que les experts se trompent. J'ai même entendu parler de certains musées qui avaient acquis ainsi des toiles sans valeur.

Althea s'assombrit.

– Oh! j'espère qu'il n'en est rien. Ce tableau semble tellement important pour lui! Ce serait affreux si c'était un faux!

– Ne vous en faites pas, il y a tout lieu de croire qu'il s'agit d'un original, dit Linda en lui pressant tendrement la main.

L'apparition soudaine de Mme Merola interrompit leur conversation. Le regard étincelant, elle descendit l'allée.

– Je reviens du village à l'instant et cette petite dinde de Maria m'annonce que Guido di Grazia est venu vous rendre visite! Si j'avais été là, je ne l'aurais jamais laissé entrer. Vous avez fait une grosse erreur, signora. Il doit avoir une idée derrière la tête pour venir ici, croyez-moi.

– Que voulez-vous dire? demanda Althea en dévisageant la gouvernante.

– C'est un individu sans scrupule! Son seul but

est de restaurer son château délabré. Il ferait n'importe quoi pour réussir! Il doit savoir que vous êtes riche, sinon il ne serait jamais venu vous voir. Si j'ai un conseil à vous donner, signora, c'est de ne plus jamais le recevoir. Je me ferai un plaisir de lui refuser l'entrée la prochaine fois qu'il se présentera.

Malgré toute sa douceur, Althea était capable de faire preuve d'autorité. Elle se leva.

– Merci, madame Merola, dit-elle d'un ton glacial, mais c'est à moi de décider des gens que je veux voir ou non. Vous pouvez disposer.

La gouvernante se retira en maugréant.

– Comment peut-on soupçonner un jeune homme aussi charmant! s'écria Althea avec un rire retentissant. Cette pauvre Mme Merola est bien à plaindre, mais j'ai vraiment du mal à garder mon calme devant une attitude aussi bornée. Comment veux-tu que Guido me fasse le moindre mal? Même si, comme elle dit, il n'a aucun scrupule. Ce que je ne crois pas!

– Je... je ne sais pas, répondit Linda. Mais je reste sceptique, ajouta-t-elle pour elle-même.

– Mme Merola et Fenton devraient vraiment se rencontrer, gloussa Althea. Ils ont tous les deux le même esprit suspicieux. Evidemment, on ne peut pas en vouloir à Fenton. C'est plutôt la faute de mon mari. Tu penses, confier l'entreprise à un garçon aussi jeune! Bien sûr, Anatole ne pensait pas mourir si tôt, sinon il se serait sûrement arrangé autrement. Fenton avait à peine vingt-cinq ans, continuat-elle, perdue dans ses pensées, quand il s'est retrouvé à la tête d'un empire. Inutile de dire que sa jeunesse s'est arrêtée là! Il était fiancé à une jeune fille charmante, Catherine, qui très vite se fatigua d'être négligée au profit des affaires et en épousa un autre. Malgré sa réputation de don Juan, Fenton n'a jamais eu de relation sérieuse depuis. Mon côté insouciant et dépensier ne lui facilite pas les choses, évidemment, soupira-t-elle.

– Vous n'avez rien à vous reprocher. Après tout, c'est votre argent. Vous pouvez le jeter par les fenêtres, je ne vois pas en quoi cela le regarde.

Althea secoua la tête.

– Non, je n'ai pas le droit de dépenser la fortune des Berenson. Ce n'est pas moi qui l'ai amassée, et Anatole souhaitait qu'elle revienne à Fenton après ma mort.

– Vous voulez dire qu'il est votre seul héritier?

– En effet. Anatole n'avait pas de famille. Moi non plus. J'ai réservé une clause pour quelques œuvres de charité, mais à part cela tout doit revenir à mon neveu.

Linda voyait maintenant les choses sous un jour différent. Elle comprenait soudain pourquoi Fenton s'intéressait tant à la fortune de sa tante.

Débordant d'enthousiasme pour la sortie que Guido avait proposée, Althea changea de sujet.

– Il y a tellement d'endroits extraordinaires à visiter dans les monts Albains! Je me demande où il nous emmènera déjeuner. Sûrement pas dans un piège à touristes, en tout cas!

Il existe bien des sortes de pièges à touristes, pensa Linda. Surtout lorsqu'il s'agit de vieilles dames crédules et fortunées.

Le soleil venait de se cacher. Elle essaya de convaincre Althea de rentrer.

– Mais non, il va faire beau d'ici une minute. On est tellement bien dans ce jardin! Je vais rester encore un peu. Je suis en train d'étudier ce grenadier. J'ai bien envie de le peindre demain.

– Dans ce cas, je vais chercher de quoi vous couvrir.

Linda courut à la maison. Dans la cuisine, Mme Merola était au téléphone. Le ton confidentiel de la gouvernante lui donna l'impression d'être indiscrète. Elle prit un lainage, et ce n'est qu'en sortant qu'elle remarqua que la domestique parlait en anglais. Elle saisit quelques bribes au passage.

– Oui, monsieur. J'ai pensé que c'était mon devoir.

Pourquoi diable s'exprimait-elle en anglais?

Dehors, le soleil brillait de nouveau. Se moquant de ses instincts de mère poule, Linda abandonna le gilet sur une chaise et rejoignit Althea. Quant à la conversation téléphonique de la gouvernante, cela ne la regardait pas. Elle eut tôt fait de l'oublier.

4

Le lendemain, Maria servit le petit déjeuner de Linda dans sa chambre : fruits, croissants au beurre, et café accompagné de crème épaisse.

– Vous me gâtez!

– Il faut que je m'entraîne, répondit Maria, enjouée. Un jour, ce sera le tour de mon mari et de mes enfants.

Refusant de se laisser dorloter, Linda s'installa devant la table près des fenêtres.

– Amerigo serait-il l'heureux élu, par hasard?

Le séduisant jeune homme, qui cumulait les fonctions de chauffeur et de jardinier, avait abandonné son badinage avec Linda dès qu'elle avait repoussé ses avances. Mais son comportement vis-à-vis de Maria semblait des plus sérieux.

– Non, affirma la jeune bonne avec une véhémence inhabituelle. Amerigo est un play-boy, comme on dit chez vous. Il court les filles, boit plus que de raison quand il va au village et joue aux dés. J'attends de trouver un homme sérieux. Un homme qui aime les enfants, la maison, et qui saura m'être fidèle.

« Moi aussi, pensa Linda. J'attends... »

– Ils ont beaucoup de serviteurs, au château? demanda-t-elle.

Avant d'appeler Fenton, elle voulait en savoir plus sur Guido.

– Oui, il y a beaucoup de monde. La contessa doit

être servie comme il faut. C'est une grande dame!

Maria se rengorgea comme si le train de vie de la comtesse flattait son amour-propre.

– Mais le château est tellement délabré! Avec tous ces serviteurs, ils pourraient aisément faire les réparations qui s'imposent!

Maria poussa un soupir.

– Ce ne sont pas les bras qui manquent, mais plutôt l'argent pour acheter les matériaux! Les di Grazia sont très pauvres, vous savez.

– Ils feraient mieux d'abandonner château et domestiques, et de s'installer dans un endroit plus modeste.

– Oh non! Jamais ils ne s'y résoudront. Et puis, ils ne peuvent pas donner congé aux serviteurs. Lancio, le maître d'hôtel, a quatre-vingt-dix ans. Que deviendrait-il? Non, les di Grazia n'abandonneront jamais leur domaine! Guido trouvera bien un moyen de faire les réparations et de subvenir aux besoins de sa mère et des domestiques. C'est son devoir.

Le jeudi, juste avant midi, Linda entendit la puissante voiture de Guido remonter l'allée jusqu'à la villa. Elle se retrouva bientôt assise aux côtés d'Althea dans l'élégant véhicule qui, apprirent-elles, était une Maserati.

– *Ecco Roma!* s'écria Guido d'une voix triomphante.

Ils les avaient conduites sur les hauteurs de Monte Cavo, et Rome s'étendait à leurs pieds. Les flots indigo de la Méditerranée étincelaient dans le lointain.

Ils restèrent un moment à admirer le panorama puis, rassasiés, s'arrêtèrent dans une pittoresque petite buvette. Linda n'avait jamais rien goûté d'aussi bon que le délicieux vin blanc qu'on leur servit.

– Bien des vins italiens, leur expliqua Guido, ne supportent pas le voyage, et la plupart des Américains sont surpris de leur qualité quand ils arrivent en Italie.

Ils s'installèrent pour déjeuner à la terrasse d'une vieille auberge qui surplombait un lac d'un bleu éblouissant. C'est là que Guido mentionna à nouveau le Raphaël.

– Il faut que je demande à ma mère d'organiser une soirée au château. J'aimerais que vous veniez toutes les deux admirer ce tableau tant qu'il est encore là.

– Vous êtes donc déterminé à le vendre? demanda Althea.

Il eut un haussement d'épaules significatif.

– Je n'ai pas le choix.

– Vous avez une idée de sa valeur?

– Enorme, répondit-il avec un sourire désabusé. Presque sans prix.

Il s'empressa de changer de sujet.

N'était-il pas en train d'appâter son piège, en faisant danser le leurre devant sa proie?

– Qu'est-ce que vous faites comme travail, Guido? demanda brusquement Althea.

– Travail? répéta-t-il en lui lançant un regard étonné comme s'il s'agissait d'un mot inconnu. Ah! s'exclama-t-il avec un sourire. Le travail, base de la morale américaine... J'en ai entendu parler. Je trouve cela admirable. Pour les Américains, bien entendu! En ce qui me concerne, j'ai bien peur d'avoir été élevé selon un système de valeurs légèrement différent.

Linda n'hésita plus. Elle appellerait Fenton dès que possible. Guido n'était peut-être pas un escroc, mais un homme qui méprise le travail, alors que sa maison est sur le point de s'écrouler, est pour le moins suspect!

La Maserati était à peine arrêtée que Linda se précipita vers la maison dans l'intention d'appeler San Francisco. Guido lui inspirait plutôt confiance, mais elle ne pouvait pas se permettre de courir le moindre risque! Derrière elle, Althea et le jeune comte discutaient à bâtons rompus de leur prochaine visite à Rome.

Elle fut étonnée de trouver une petite Fiat noire devant le perron. Un des serviteurs avait peut-être profité de l'absence d'Althea pour inviter un ami. Un peu sans gêne, pensa-t-elle, de se garer devant l'entrée! Même Guido rangeait sa voiture à une distance respectable.

Elle arrivait en haut du perron, quand la porte s'ouvrit. La surprise la cloua sur place. Fenton Harkness la dominait de toute sa taille. Sa chevelure luisait comme du métal dans le soleil de cette fin d'après-midi. Ses yeux étincelaient d'un éclat glacial.

Il vint à sa rencontre et se carra devant elle.

– Votre parole n'a donc aucune valeur? dit-il d'une voix cinglante. Vous deviez m'appeler aussitôt qu'Althea rencontrerait des gens suspects. Mais je suppose qu'un aristocrate miteux, seigneur d'un château en ruine, n'a même pas éveillé vos soupçons! Ou peut-être êtes-vous trop éblouie par son titre et son charme pour y voir clair?

Elle l'aurait frappé sur-le-champ si elle ne s'était sentie légèrement coupable. Il était exact qu'elle n'avait pas tenu parole. Elle aurait dû le prévenir tout de suite après la première visite de Guido. Tout de même, cela ne lui donnait pas le droit de l'insulter!

– J'allais justement vous appeler. A l'instant!

– Evidemment, fit-il, narquois.

– Me prenez-vous pour une menteuse?

Il la regarda de haut, les lèvres pincées.

– Non, pas pour une menteuse, mais pour une petite idiote, follement éprise de ce comte italien. Cet homme vous a envoûtée, vous n'êtes pas responsable de ce que vous faites.

Avant qu'elle ait pu répondre, Althea les rejoignit.

– Fenton, mon chéri, j'étais tellement occupée à discuter que je ne t'avais pas vu. Que diable viens-tu faire en Italie? Oh! j'aimerais te présenter le comte Guido di Grazia, ajouta-t-elle aussitôt. Guido, voici mon neveu, Fenton Harkness.

Guido s'avança, la main tendue.

– Très honoré. Bienvenue dans mon pays.

Fenton lui rendit sa poignée de main.

– Merci, dit-il sèchement. Je suis ici pour veiller aux intérêts de la famille.

– Je suis sûr que vous vous acquittez à merveille de cette tâche, répliqua Guido sur le même ton, non sans avoir remarqué l'expression hostile de son interlocuteur.

– Nous nous retrouverons peut-être plus tard, mais pour l'instant, si vous voulez bien nous excuser, di Grazia, je dois m'entretenir avec ma tante.

– J'ai invité Guido à prendre le thé, intervint Althea. Ce que tu as à me dire n'est sûrement pas important au point de ne pas pouvoir attendre un peu.

– Je vous en prie, protesta Guido, crispé. Ce sera pour une autre fois.

La tête haute, il regagna sa Maserati.

– Tu n'as pas été très poli avec lui, Fenton. D'ailleurs, tu ne me parles jamais de tes affaires. Que t'arrive-t-il?

– Entrons, répondit-il sèchement.

Délibérément, Althea refusa de prêter attention à sa mauvaise humeur.

– Commande le thé, tu veux, ma chérie? Après tout le vin que nous avons bu au déjeuner, une bonne tasse de thé ne nous fera pas de mal! Et je suis sûre que Fenton en voudra aussi.

– Nous le prendrons plus tard. Je désire te parler... en tête-à-tête.

Il n'avait pas l'air de plaisanter.

Linda courut à sa chambre tandis qu'Althea suivait son neveu dans le *salotto*. Pauvre Althea! Il allait lui porter un rude coup en lui faisant perdre ses illusions. Pourtant, quel mal y avait-il à ce qu'une vieille dame fortunée désire acquérir une œuvre d'art? Rien ne prouvait que ce Raphaël était un faux. Et d'ailleurs, comment Fenton se trouvait-il en Italie?

Elle se souvint de l'étrange conversation de Mme Merola, l'autre jour, au téléphone. C'était elle qui l'avait appelé! Saisissant cette occasion pour se venger de son ennemi, la gouvernante avait sans doute réussi à convaincre Fenton que Guido était un dangereux escroc.

Linda faisait les cent pas entre sa chambre et son boudoir, quand un coup retentit à la porte. Elle savait qui c'était. Elle s'arrêta devant le miroir, souhaitant ardemment qu'il lui renvoie l'image d'une beauté ravageuse. Le genre de beauté fatale dont les hommes comme Fenton Harkness tombaient éperdument amoureux. Il n'oserait pas alors la traiter de menteuse ou de petite idiote en mal d'amour! L'amoureux transi, ce serait lui...

Si seulement elle pouvait s'empêcher de rougir à tout bout de champ!... Les coups à sa porte se firent plus pressants. Elle essaya de remettre de l'ordre dans ses cheveux. En vain. Elle ressemblait à Annie, la petite orpheline, l'héroïne des bandes dessinées de son enfance.

Quand enfin elle se décida à ouvrir, Fenton explora la chambre du regard comme s'il pensait y découvrir une armée d'aristocrates déchus à l'affût de la fortune des Berenson. Ses yeux se posèrent enfin sur elle, comme ceux d'un juge prêt à prononcer la sentence.

– Nous avons des choses à nous dire.

– Si vous voulez parler, allons au salon, répondit-elle avec dignité.

Il regarda le lit à baldaquin et la dévisagea en grimaçant un sourire.

– Cette pièce fera très bien l'affaire.

– Pas question! s'exclama-t-elle en rougissant.

– Ne vous énervez pas! répliqua-t-il, soudain impatient, et s'adressant à elle comme s'il s'agissait de faire taire une petite fille turbulente.

Il semblait troublé. La belle assurance dont il avait fait preuve en renvoyant Guido s'était évanouie. Il fit le tour de la pièce, passa une main dans ses cheveux, et vint à nouveau se planter devant elle.

– Je me fais du souci pour Althea. J'ai été obligé de lui ouvrir les yeux sur le *comte* di Grazia, et cela l'a complètement démoralisée.

– Pourquoi cette ironie pour prononcer le mot « comte »? Guido ne tire aucune vanité de son titre. Si vous n'étiez pas si anxieux de préserver la fortune d'Althea, vous auriez vérifié vos informations avant de lui dire quoi que ce soit. Mais, bien sûr, vous avez de bonnes raisons de craindre qu'elle ne dépense son argent : plus elle en dépense, moins il vous en reste!

– Qu'est-ce que vous racontez?

– Oh! vous le savez parfaitement. Vous êtes son seul héritier, n'est-ce pas?

Son regard s'enflamma.

– Je ne vous permets pas de penser une chose pareille! Je vous l'ai déjà dit, je cherche uniquement à la protéger. Elle a le cœur brisé chaque fois que quelqu'un essaie de profiter de sa générosité. Je sais de source sûre que di Grazia est tout à fait capable de la conduire droit à la ruine. Il n'a aucun scrupule...

— Parlons-en de votre source sûre! Mme Merola déteste Guido à la suite d'un différend qui remonte à plusieurs centaines d'années! Vous devriez tenir compte de ce détail avant de croire tout ce qu'elle vous raconte...

Il ne nia pas qu'il tenait ses informations de la gouvernante.

— Comment ai-je pu douter une seconde du très noble Guido di Grazia? J'aurais dû savoir, bien sûr, qu'il s'agissait d'une ignoble calomnie! dit-il, en proie à cette humeur sarcastique qui semblait être sa seconde nature. Entre parenthèses, je vous ferai remarquer que je n'ai pas demandé à Mme Merola de me tenir au courant. Je l'ai simplement appelée avant votre arrivée pour m'assurer que tout était prêt, et je lui ai dit de me prévenir au cas où elle aurait un problème. Je pensais à des problèmes domestiques, évidemment. Elle a décidé de son propre chef de me mettre en garde contre les manœuvres de di Grazia et je ne peux que l'en remercier.

— Pas une minute il ne vous est venu à l'esprit qu'elle ait pu vous raconter des histoires?

— Apparemment, il n'a qu'une ambition : restaurer son château en ruine. Il semble également qu'il n'ait pas grand goût pour le travail.

Cet aspect du problème n'avait pas échappé à Linda. Guido n'était pas manchot. Il aurait pu trouver un emploi, ce qui l'aurait aidé à faire face à ses obligations. Ne sachant que répondre, Linda demeura silencieuse.

— Ne prenez pas cet air désolé, dit-il en retrouvant le sourire. Voilà vos jolies épaules déchargées de la lourde responsabilité du bonheur de ma tante. J'ai décidé de rester ici quelque temps. J'ai plusieurs affaires à régler en Italie, j'en profiterai pour surveiller ce type. Faites-moi confiance, je serai aussi objectif que possible. Que vous le croyiez ou non, le bonheur de ma tante est une de mes préoccupations majeures. Puisqu'elle s'est entichée de di Grazia et qu'elle est folle de joie à l'idée de visiter la région avec lui, je n'y fais aucune objection.

– Je suis contente que vous restiez, murmura Linda impulsivement. Je n'aurai plus à espionner Althea. Comme vous le voyez, je ne suis pas particulièrement douée pour ce genre de travail, mais je me préparais vraiment à vous appeler.

– Je sais. J'étais en colère, tout à l'heure.

Il lui caressa doucement les cheveux et, attirant son visage vers le sien, pressa lentement sa bouche sur ses lèvres.

Linda se débattit, luttant contre lui et contre elle-même aussi. Toute idée de résistance la quitta bientôt. Il exerçait sur elle un étrange pouvoir. Dans ses bras, elle oubliait toutes ses appréhensions envers la gente masculine. La bouche de Fenton se fit plus douce, et elle sentit ses lèvres s'entrouvrir comme des pétales de rose par un matin d'été. Elle lui passa les bras autour du cou.

Il la lâcha brusquement. Surprise, elle bascula en arrière et manqua tomber à la renverse sur le lit. Il la considérait en souriant, à la fois apitoyé et méprisant.

– Je voulais simplement vous montrer combien vous êtes vulnérable. Vous n'avez aucune chance si di Grazia s'attaque à vous. Mais peut-être seriez-vous enchantée qu'il vous séduise!

– Vous... vous êtes ignoble! Sortez de ma chambre ou je...

Elle chercha des yeux un objet à lui lancer à la tête et saisit la petite pendule de métal doré posée sur la table de chevet. L'expression autoritaire de Fenton l'arrêta.

– Reposez cette pendulette. Elle fait partie du mobilier de la villa, et je dois tout rendre en parfait état. De plus, cela ne changerait rien. Cet homme vous a éblouie. Il ne vous est donc pas venu à l'esprit qu'il vous faisait la cour dans le seul but de pouvoir tourner autour de ma tante en toute liberté, et qu'il comptait sur vous pour défendre sa cause au besoin.

– Qui vous a dit qu'il me faisait la cour?

– « Je vous attendais, chère petite Linda... » murmura-t-il d'une voix de velours, imitant Guido à la perfection. « Je... comprends enfin pourquoi je ne suis encore jamais tombé amoureux... »

Cette vieille chipie de Merola! Elle avait raconté mot pour mot à Fenton ce qu'elle avait entendu. De peur d'éclater en sanglots si elle ouvrait la bouche, Linda se mordit les lèvres.

– Je ne dis pas que ce soit l'unique raison de l'intérêt de di Grazia, continua Fenton en la détaillant, depuis ses boucles indisciplinées jusqu'aux fines attaches de ses chevilles. Au contraire. Tout comme moi, j'en suis sûr, il voudrait bien savoir ce que cache votre prétendue innocence : les flammes dévorantes d'une vraie passion de femme ou un de ces feux de paille que les petites filles s'amusent à franchir la nuit de la Saint-Jean.

Il éclata de rire et quitta la chambre.

Linda se jeta sur le lit et, laissant éclater sa fureur, martela d'un poing rageur les draps de satin. Si seulement elle avait pu en faire autant au visage de son bourreau!

Bientôt pourtant une étrange langueur l'envahit au souvenir des instants où Fenton l'avait tenue dans ses bras. Le désir qu'il avait éveillé en elle alors l'avait submergée avec la même force que les vagues du Pacifique qui avaient failli l'engloutir lorsqu'elle était enfant, au large de Seal Rock.

Comment avait-elle pu être assez naïve pour se laisser faire? Elle le savait maintenant, c'était son innocence qui intriguait Fenton, rien d'autre. Dire qu'elle le croyait différent! La porte s'était refermée sur lui, comme derrière son père le jour où il était parti.

Linda sursauta en entendant Maria frapper avec sa discrétion habituelle, et essuya les larmes qui roulaient sur ses joues.

– Entrez!

La ravissante soubrette poussa la porte.

– La signora aimerait vous voir. Elle est dans sa chambre. Je crois qu'elle est malheureuse.

– Merci, Maria. Le temps de me rafraîchir, et je la rejoins.

La petite bonne s'attardait sur le seuil.

– Le signor Harkness est très bel homme, dit-elle.

– Possible, si on aime ce genre-là.

– Il ne vous plaît pas? Vous n'aimez pas ces cheveux un peu roux et ses yeux verts? C'est peut-être sa bouche qui vous déplaît. Ses lèvres ne sont sûrement pas douces, même quand il embrasse une femme!

« Vous avez tort », pensa Linda.

– Je ne connais pas très bien M. Harkness, dit-elle à voix haute. C'est la troisième fois que je le rencontre.

Maria sourit d'un air entendu.

– Allons, je vois bien que vous ne l'aimez pas. Mais il n'en va pas de même pour le comte di Grazia, n'est-ce pas?

– Il ne m'est pas antipathique. Sa gentillesse envers Mme Berenson...

– Je suis tellement heureuse qu'il vous plaise! Un jour vous serez peut-être comtesse et vous habiterez au château.

« Il faudrait déjà qu'il tienne debout », pensa Linda en allant rejoindre Althea. Elle la trouva assise près de la fenêtre. Son doux visage était bouleversé.

– Fenton n'aime pas Guido, dit-elle. Apparemment, il le prend pour un escroc. C'est ridicule, non ?

Linda s'assit sur un pouf à ses pieds. Elle était perplexe. Guido était honnête, elle en était persuadée, mais qu'arriverait-il s'il ne l'était pas ? S'il brisait le cœur d'Althea, elle ne se pardonnerait jamais d'avoir été son alliée.

– Eh bien..., commença-t-elle, indécise.

Althea l'interrompit.

– C'est cette affreuse Merola qui a appelé Fenton pour lui raconter toutes sortes de sornettes. Si je le pouvais, je la renverrais immédiatement ! Malheureusement les domestiques nous ayant été fournis avec la villa, je suis pieds et poings liés. De toute façon, continua-t-elle, les lèvres crispées, Fenton n'accepterait jamais que je la congédie. Pas plus qu'il ne m'approuverait si j'achetais le Raphaël.

– Vous avez envisagé de l'acheter ?

– Bien sûr, dit-elle d'un ton passionné. Je ne pense plus qu'à ça depuis que Guido nous en a parlé ! Je possède quelques objets d'art, mais rien d'aussi prestigieux. Il pourrait devenir la pièce maîtresse d'une collection que je dédierais à Anatole. Il y a des années que je rêve de créer une fondation qui immortaliserait le nom de mon mari.

Linda se sentit obligée de mettre un frein à son enthousiasme.

– Vous savez bien, Althea, que tout dépend de Fenton. Comme vous l'avez dit vous-même, il y a peu de chances pour qu'il donne son accord à une telle acquisition. Je ne serais pas étonnée qu'il

mette même en doute l'authenticité de ce chef-
d'œuvre.

– Oh! j'espère qu'il ne fera pas une chose pareille! Non, dit-elle, retrouvant son optimisme naturel.
Au contraire, il finira par me donner raison. Pas
tout de suite, bien sûr. Cela ne lui ressemblerait
pas! Mais mon neveu est un homme juste. Quand il
verra ce que ce tableau représente pour moi, je suis
sûre qu'il acceptera.

– Vous ne lui en avez pas encore parlé?

Althea partit d'un éclat de rire juvénile.

– Non. J'ai pensé qu'il valait mieux le laisser se
faire à l'idée de me voir fréquenter un « aristocrate
vermoulu » avant d'aborder ce sujet. Je dois avouer
que j'ai déjà été échaudée par le passé en achetant
des antiquités plutôt douteuses.

Linda fit écho au rire de son amie.

– Fenton aurait plus d'estime pour Guido s'il
travaillait pour gagner sa vie.

– Sans aucun doute. Cette vénération qu'ont les
Américains pour le travail est un de ses plus grands
principes. Que l'on puisse vivre différemment, avoir
d'autres intérêts, le dépasse tout à fait! Mais ce n'est
pas ce qu'il déteste le plus en Guido, ajouta-t-elle
avec un petit sourire.

– Je ne comprends pas, déclara Linda.

Elle avait pourtant une petite idée de ce que
voulait dire Althea, et une chaleur embarrassante
lui monta aux joues.

– Il est jaloux, affirma Althea d'un ton convaincu.
Je connais mon neveu. Me voir fréquenter un
personnage douteux l'ennuie moins que de *te* voir
répondre à ses avances.

– Oh! non. Vous vous trompez du tout au tout.

– Qu'il en soit conscient ou non, Fenton est
fortement attiré par toi. Il ne pouvait rien lui
arriver de mieux. Toutes ces créatures sophisti-

quées qu'il fréquente ne lui conviennent pas du tout! Il a besoin de tendresse et d'amour pour s'ouvrir et s'humaniser un peu. Il doit te sembler dur, Linda, mais c'est la vie qui l'a rendu ainsi. Je suis certaine que tu saurais lui faire oublier toutes les épreuves qu'il a traversées. Inutile de te dire, ma chérie, que rien ne pourrait me rendre plus heureuse.

– Vous vous méprenez sur ses sentiments. Vous prenez vos désirs pour des réalités. En fait, je ne crois pas du tout lui plaire!

– Ce sont ses manières brusques qui te trompent. Quant à toi, je ne te demanderai pas ce que tu ressens à son égard, ajouta-t-elle avec un fin sourire.

– Tant mieux, car je n'ai pas l'intention de vous le révéler!

Malgré le ton badin qu'elle affectait, Linda se sentait prise au piège. Elle allait devoir vivre sous le même toit qu'un homme qu'elle méprisait et pour lequel elle éprouvait des sentiments d'une douloureuse complexité. Elle ne l'aimait pas et pourtant, inexplicablement, il éveillait en elle un désir que jamais aucun autre homme n'avait réussi à faire naître.

– J'ai invité Guido à dîner demain soir, annonça Althea. J'espère que ce pauvre garçon ne s'est pas vexé de l'attitude de Fenton. Crois-tu que je devrais l'appeler?

– Non. S'il a accepté votre invitation, je suis sûre qu'il viendra.

Elle espérait que la soirée ne serait pas trop éprouvante. Althea parut lire dans ses pensées.

– Ne t'en fais pas. Guido est notre hôte. Fenton ne se montrera pas grossier. Ce n'est pas ainsi que je l'ai élevé. Evidemment, je ne peux pas te promettre qu'il sera très affable. Mais n'oublie pas, ma chérie, que s'il est un peu froid avec Guido, c'est surtout par jalousie.

Linda sourit sans rien dire. Elle ne ressentait que du mépris pour un homme qui la considérait comme sa chasse gardée.

5

Le lendemain soir, Linda mit une robe jaune pâle qui mettait en valeur la nuance ambrée de ses yeux et l'éclat soyeux de ses cheveux.

Elle avait abandonné tout espoir d'arriver à se coiffer quand Maria entra dans la chambre.

– Le comte di Grazia est arrivé. Tout le monde est au *salotto*. Donnez-moi ça, ajouta-t-elle en désignant le peigne et la brosse.

Quelques minutes plus tard son habileté avait fait des miracles. De délicates petites boucles encadraient le visage de Linda.

– Je n'arrive pas à y croire! Maria, vous êtes une véritable magicienne.

– Pensez-vous! Descendez, maintenant. Le comte est impatient de vous saluer, dit-elle, une lueur chaleureuse dans ses yeux noirs.

Le *salotto* était une immense pièce sombre décorée avec goût. Fenton était campé devant la cheminée de marbre rose où un feu crépitait joyeusement. Althea occupait l'un des fauteuils à oreillettes qui flanquaient l'âtre, et Guido une causeuse tapissée de velours. Il fut le premier à apercevoir Linda et se leva avec empressement, les deux mains tendues.

– Que vous êtes belle ce soir! Un vrai bouquet de jonquilles! Venez vous asseoir près de moi.

Fenton se montra nettement plus réservé.

– Je suis content que vous ayez finalement décidé de vous joindre à nous, fit-il sèchement, sous-entendant qu'il la payait pour être à l'heure.

Althea s'efforça d'adoucir sa remarque.

– Guido a raison, Linda. Tu ressembles à une jonquille, dans cette jolie robe. Et j'adore ta coiffure, elle te va très bien. Sers-nous donc à boire, Fenton. Pour moi, ce sera un sherry, s'il te plaît.

Linda l'imita. Guido demanda un vermouth, et Fenton se servit un whisky-soda. Il fit circuler les verres, puis alla reprendre sa pose majestueuse devant la cheminée.

– Dans quel domaine travaillez-vous, monsieur di Grazia? demanda-t-il brusquement.

– Appelez-moi Guido, je vous en prie! répondit le comte avec sa nonchalance habituelle. J'ai bien peur de ne pas pouvoir justifier d'une profession au sens où vous l'entendez. Voyez-vous, ma famille a atteint son apogée à une époque où il n'était pas pensable pour un aristocrate d'exercer un métier. Nous étions tout juste autorisés à nous occuper de nos biens. Maintenant, hélas! ils se limitent à un château en ruine et quelques acres de vigne.

Linda faillit laisser échapper un gémissement. Althea vida précipitamment son verre. Il ne s'y serait pas pris autrement s'il avait voulu s'attirer les foudres de Fenton. Celui-ci eut un petit sourire et encouragea l'Italien à poursuivre.

– Je suis décidé à faire tout mon possible pour restaurer le château, dit-il en redressant fièrement la tête. Il le faut. Non seulement pour ma mère, mais aussi pour nos fidèles et loyaux serviteurs.

– Oui, bien sûr, vous devez veiller à ce qu'ils ne manquent de rien, approuva Fenton, avec le même sourire.

Il jouait la comédie, cela crevait les yeux, cher-chant à mettre Guido à son aise pour le pousser à dévoiler son jeu. Di Grazia finit par tomber dans le piège.

– Je suis résolu à vendre le dernier trésor de la famille s'il n'y a pas d'autres moyens de s'en sortir. Je ferai bientôt expertiser notre Raphaël. Il doit valoir près de deux millions... de dollars, bien sûr, pas de lires, précisa-t-il avec un sourire engageant.

Fenton observa un silence lourd de sous-entendus. Ses yeux verts se mirent à briller d'un éclat inquiétant. Linda pouvait presque l'entendre : « *Ah! nous y voilà! Un faux.* »

– Un Raphaël, dites-vous? Vous avez en votre possession un authentique Raphaël?

– Oui, monsieur, *la Reine des Cieux*. Il appartient à ma famille depuis des générations. C'est un de mes ancêtres qui l'a commandé à l'artiste. Il représente une magnifique Madone tenant l'Enfant Jésus sur ses genoux, entourée d'anges et assise sur un trône d'or.

– Deux millions, répéta Fenton. C'est beaucoup, même en période d'inflation.

Guido haussa les épaules.

– Il en vaut certainement beaucoup plus. Les œuvres de Raphaël en vente sur le marché sont très rares. C'est une occasion unique si je me résous à m'en séparer.

– Oh! je suis sûr que vous n'hésiterez pas à vous en dessaisir, si l'on vous en offre une somme intéressante. On peut tout acheter, à condition d'y mettre le prix, bien sûr!

Guido parut choqué.

– Je ne suis pas du tout d'accord! Si j'avais le choix, je ne voudrais pour rien au monde me séparer de *la Reine des Cieux*.

– Malheureusement, vous n'avez pas le choix, n'est-ce pas?

Sous l'ironie, Guido devina l'hostilité de Fenton.

Son visage basané s'empourpra. S'efforçant de trouver un dérivatif à sa colère, il parcourut la pièce d'un regard furibond. Le matin même, Althea avait persuadé Linda d'accrocher *l'Enfant des Brumes* dans le *salotto*. C'était son meilleur tableau, mais estimant qu'il ne méritait pas l'honneur qu'on lui faisait, elle l'avait placé sur le mur du fond. Guido posa les yeux sur la toile et traversa la pièce avec une hâte inhabituelle.

– Excellent! Vraiment excellent! dit-il en l'examinant de près. Qui en est l'auteur?

Sans attendre la réponse, il déchiffra la signature au coin du cadre. « Linda. » L'air ébahi, il revint vers la causeuse et s'empara des mains de Linda qu'il serra avec ardeur.

– C'est votre œuvre? Vous pouvez m'en montrer d'autres? Comme je vous l'ai déjà dit, je suis passionné de peinture. Un de mes amis a une galerie à Rome. Si vous aviez assez de toiles, je suis sûr qu'il pourrait organiser une exposition.

Linda protesta qu'elle n'avait pas suffisamment de talent. Pour une fois, Fenton était d'accord.

– Vous ne lui rendez pas service avec vos flatteries, di Grazia. D'autre part, j'imagine que ce genre d'exposition n'est pas gratuit. La coutume veut qu'on fasse une réception à cette occasion, n'est-ce pas? Avec champagne et tout ce qui s'ensuit...

– Pas gratuit? demanda Guido d'un air étonné.

Puis, saisissant enfin la raison de l'hostilité de Fenton, il ajouta avec un mépris non dissimulé :

– Non, cela ne coûterait rien car signor Musto, le propriétaire de la galerie, se chargerait de toutes les dépenses.

Mais Fenton ne l'écoutait pas.

– A quelle heure as-tu demandé qu'on serve le dîner? interrogea-t-il en se tournant vers sa tante. La journée a été longue et je préférerais qu'elle ne se termine pas trop tard.

En d'autres termes, il espérait que Guido ne s'attarderait pas après le repas. Son attitude peina profondément Althea.

– Je suis sûre que ce sera bientôt prêt. En attendant, vous pourriez boire un autre verre, Guido et toi. Linda aussi si elle veut.

Linda refusa poliment.

– Et vous, di Grazia? demanda Fenton.

– Non merci. Je ne bois presque pas.

Fenton se servit un deuxième scotch.

– J'oubliais que les Italiens ne sont pas de grands buveurs.

C'était dit de telle façon qu'on aurait pu croire qu'il s'agissait là d'un défaut national.

– C'est vrai. Mais il doit y avoir de nombreuses exceptions. Je préfère ne jamais généraliser.

– Est-ce aussi une erreur de croire que la plupart de vos compatriotes s'imaginent être experts en amour?

Guido demeura silencieux pendant quelques instants, suffoqué. Heureusement, avant qu'il ait pu répondre, Maria vint annoncer que le dîner était servi.

Porcelaine fragile, argenterie rutilante, longues bougies, bouquets magnifiques : la table était superbe. Mme Merola avait préparé un repas raffiné. Il avait pourtant dû lui en coûter de cuisiner pour celui qu'elle considérait comme son ennemi mortel. Le veau était accompagné de cèpes, et Linda se surprit à penser aux Borgias...

Après dîner, ils se retirèrent tous les quatre au *salotto* pour prendre le café. Guido se pencha vers Linda et lui demanda dans un murmure si elle voulait se promener un peu dans le jardin. Elle accepta d'autant plus volontiers qu'il lui sembla judicieux de séparer les deux hommes un moment.

– Si vous voulez bien nous excuser, dit Guido en

se levant. Linda et moi aimerions faire quelques pas dans le jardin. Puisque vous avez l'intention de vous coucher tôt, monsieur, ajouta-t-il à l'adresse de Fenton, peut-être vaut-il mieux que je vous dise bonne nuit tout de suite?

Fenton s'était à nouveau campé devant la cheminée, un verre de cognac à la main.

— Ne vous en faites pas pour moi. Je ne suis pas encore gâteux, dit-il en grimaçant un sourire. Je n'ai pas l'habitude d'aller me coucher tout de suite après dîner. Et ne m'appelez pas monsieur. Malgré notre différence d'âge, je trouve cela énervant.

Guido entraîna Linda sur la terrasse.

— M. Harkness ne m'aime pas. On dirait qu'il me soupçonne d'être malhonnête. Vous avez entendu ce qu'il a dit au sujet de l'exposition... comme si j'en voulais à son argent, ou à celui de sa tante.

— Je suis sûre que vous vous trompez.

Elle s'empressa de changer de sujet et s'extasia devant la beauté du jardin au clair de lune. Ils descendirent jusqu'au banc de marbre, au bord du bassin. Surprise par la fraîcheur de la nuit, Linda frissonna en s'asseyant près de Guido.

— Vous avez froid, *cara*. Je peux aller vous chercher un vêtement, si vous voulez.

— Non, ça va très bien.

Mais en disant cela, elle n'était pas tout à fait sincère.

Elle aurait dû se sentir divinement heureuse en compagnie de ce jeune homme si séduisant, avec la perspective d'une carrière artistique prometteuse... Pourtant, quelque chose la troublait. Elle se sentait curieusement déprimée. Peut-être était-ce le changement de climat, ou le manque de vitamines?

Guido l'avait enlacée et pressait contre la sienne sa joue parfumée d'un after-shave coûteux.

— Est-il trop tôt pour vous dire que je vous aime?

murmura-t-il à son oreille. L'amour peut frapper comme une flèche et vous percer le cœur en un instant. Le saviez-vous, petite Linda? Laissez-moi vous le prouver.

Il l'attira, et sa bouche chercha la sienne. Linda ne résista pas. Elle ne prenait pas sa déclaration d'amour au sérieux. C'était un jeu, et elle aussi avait envie de jouer. Peut-être qu'en faisant semblant d'être amoureuse, elle chasserait ce poids étrange qui l'oppressait. Elle lui passa les bras autour du cou et répondit à chacun de ses baisers... étonnée de se sentir rester de marbre.

Le jeu commençait à devenir ennuyeux.

– Nous ferions mieux de rentrer, dit-elle en s'écartant.

Il se leva en soupirant.

– C'était trop tôt. J'aurais dû m'en douter. Mais je saurai être patient, je vous le promets.

Linda ne l'écoutait plus. Un mouvement furtif sur la terrasse avait attiré son attention. Une haute silhouette se glissait dans l'ombre... Fenton! Eh bien, s'il les espionnait, il avait dû en avoir pour son argent!

Dans la maison, Maria rangeait le *salotto*. Elle leur annonça que la signora s'était retirée pour la nuit. Guido prit congé, et Linda monta dans sa chambre. Fenton semblait avoir disparu. Elle eut beau essayer de lire, elle ne pouvait s'empêcher de penser à lui. Eprouvait-il quelque chose pour elle? Etait-il jaloux de Guido?

Elle n'y croyait pas vraiment, mais cette idée la rendait fébrile. Elle fit les cent pas, puis sortit sur le balcon. Appuyée à la balustrade, elle regardait le château, quand Fenton apparut au coin de la maison. Il avançait lentement, d'une démarche de somnambule. Il s'arrêta près d'un dauphin de pierre, d'où jaillissait un mince filet d'eau. La lune émergea brusquement des nuages et éclaira ses traits d'une lumière crue.

Son expression l'étonna. Il ployait les épaules, comme sous le poids d'un fardeau trop lourd pour lui. Soudain, leurs regards se croisèrent. Au clair de lune, son visage dépouillé de sa réserve habituelle semblait très jeune, étonnamment sensible, et surtout très, très beau. Ses lèvres esquissèrent un sourire curieusement enfantin.

Linda se pencha par-dessus la balustrade. Son cœur battait à tout rompre. Althea avait donc raison. *Elle ne lui était pas indifférente!* Sa brusquerie n'était qu'une façade. Tout comme elle, il avait peur de se laisser aller à ses émotions. Ils avaient beaucoup souffert tous les deux et devaient peu à peu réapprendre la confiance. Nous y arriverons, pensa-t-elle. Elle lui rendit son sourire et lui fit un signe de la main. Elle cherchait les mots les plus appropriés à ce moment privilégié, lorsqu'elle vit son visage se fermer à nouveau.

– On admire le château? Très romantique sous la lune, n'est-ce pas? Demain matin il aura repris sa véritable apparence : un amas de pierres émoussées. Dommage. Evidemment, il sera peut-être bientôt restauré... si je donne à Althea la permission d'acheter ce tableau. Comme vous vous en doutez, il y a peu de chances pour que cela se produise.

Interdite, ne sachant plus que croire, Linda le regarda s'éloigner. L'espace d'un instant, elle avait entrevu un autre Fenton Harkness, un personnage différent du despote qu'il prétendait être. Elle était persuadée qu'ils pourraient s'aider mutuellement à retrouver leur confiance dans la vie et dans l'amour. Il leur faudrait du temps, mais puisqu'il semblait vouloir rester à la villa indéfiniment, le problème était résolu.

La soirée avait été fertile en événements. Linda était tellement tendue qu'elle pensait avoir du mal à s'endormir. Pourtant, après s'être retournée une fois ou deux dans son lit, elle glissa vite dans un sommeil sans rêves.

6

Le lendemain, le temps était couvert. Linda trouva Althea dans sa chambre, installée devant son chevalet.

– Je pensais travailler dehors, mais il faudra que je peigne ce grenadier de mémoire. Au travail, jeune fille, ajouta-t-elle en désignant un second chevalet. Tu as entendu ce que Guido a dit de ton *Enfant des Brumes*. Avec quelques toiles de plus, son ami pourra organiser une exposition de tes œuvres à Rome! Combien en as-tu? Près d'une demi-douzaine, n'est-ce pas?

– Oui, mais...

Linda allait répondre qu'elle n'avait pas envie de peindre, mais elle découvrit soudain que depuis la veille, ce n'était plus vrai. Elle sentait s'éveiller en elle une inspiration qui l'avait quittée depuis longtemps.

Un échantillonnage de tubes l'attendait. Althea, qui se servait d'aquarelles, avait eu la délicatesse de lui acheter des couleurs à l'huile.

Elle se plongea bientôt dans la composition d'un de ces tableaux en demi-teintes dont elle avait le secret. Ses premières toiles, peintes au chevet de sa mère, avaient exprimé sa douleur. Celle-ci traduirait une humeur plus joyeuse. Je l'appellerai *l'Enfant au Ballon*, pensa-t-elle.

La sonnerie du téléphone la fit sursauter.

– Tu veux que je réponde, chérie?

80

– Non, non. J'y vais, dit Linda en abandonnant ses pinceaux.

– Allô?

Elle avait adopté son ton officiel de demoiselle de compagnie.

La voix féminine qui lui répondit avait les inflexions arrogantes que l'on acquiert dans les écoles pour jeunes filles de bonne famille.

– Mavis MacBride à l'appareil. Pourrais-je parler à Mme Berenson, je vous prie?

Mavis MacBride! Un nom qui apparaissait souvent dans le carnet mondain des journaux de San Francisco. Mavis était riche. Fabuleusement riche. Belle aussi, et célèbre. Linda aurait aimé lui répondre qu'on ne pouvait pas déranger Mme Berenson, mais Althea lui lançait des regards interrogateurs.

– C'est Mavis MacBride.

Althea leva les bras au ciel avec une mimique horrifiée.

– Oh non! pas elle! Enfin, dit-elle d'un ton résigné, autant lui parler tout de suite, sinon elle ne me laissera pas en paix. On ne se débarrasse pas facilement de gens comme elle.

S'ensuivit une conversation à sens unique, où Althea murmurait un mot par-ci par-là.

– Bien sûr, il faut que tu viennes nous voir. Et si tu nous rejoignais pour le déjeuner, aujourd'hui... vers une heure? finit-elle par lui proposer avec un manque d'enthousiasme évident, avant de raccrocher. Que faire d'autre? C'est une vraie calamité, mais sa mère est une de mes meilleures amies. Elle n'a pas parlé de Fenton, mais tu peux être sûre qu'elle sait qu'il est là. Sinon elle ne se dérangerait pas. Depuis longtemps déjà, elle a des vues sur lui.

Linda retourna à son chevalet, mais elle avait perdu tout intérêt pour ce qu'elle faisait.

– D'après ce que j'ai lu sur Mavis, tous les hommes tombent à ses pieds.

– Peut-être, mais ce n'est pas du tout le type de Fenton, affirma Althea d'un ton convaincu.

Ces quelques mots suffirent à réconforter Linda qui retrouva son entrain et se remit silencieusement au travail.

Il était un peu moins d'une heure lorsque Mavis arriva. Maria l'introduisit au *salotto*, où Linda et Althea l'attendaient.

– Ces chauffeurs de taxi! s'exclama-t-elle d'une voix théâtrale. J'ai cru qu'il allait verser dans le fossé à chaque tournant! Comment allez-vous, ma chère? demanda-t-elle en remontant dans ses cheveux une gigantesque paire de lunettes.

Environnée d'un nuage de parfum lourd et coûteux, elle s'élança vers Althea pour l'embrasser.

– Fenton est là, n'est-ce pas?

Pour la plus grande joie de Linda, Althea la laissa languir une bonne minute avant de lui annoncer que Fenton travaillait dans son bureau.

– Il y a passé toute la matinée. Il ne sait pas que tu as appelé, mais il ne va pas tarder à descendre: nous déjeunons à une heure. Oh! Mavis, laisse-moi te présenter Linda Morse. Elle est de San Francisco elle aussi.

– Vraiment? dit-elle en la toisant d'un regard surpris. C'est curieux, nous ne nous sommes jamais rencontrées.

– Apparemment, nous ne fréquentons pas les mêmes milieux. Pour ma part, je ne suis pas ici en qualité d'invitée. Je suis la demoiselle de compagnie de Mme Berenson.

– Je vois, dit Mavis d'une voix neutre.

Reléguant Linda au rang des domestiques, elle se détourna aussitôt pour s'asseoir sur la causeuse et continuer la conversation avec Althea.

– Vous vous demandez sûrement ce que je fais dans les parages. Eh bien, figurez-vous que j'étais en croisière sur le yacht de Tony Adam! Je m'ennuyais tellement que je lui ai demandé de me débarquer à Majorque d'où j'ai pris l'avion jusqu'à Rome pour faire quelques emplettes. Je n'ai plus rien à me mettre!

– Autrement dit, tu ne t'es rien acheté depuis deux semaines, ironisa Althea.

Mavis éclata de rire.

– Plutôt trois. Je faisais du lèche-vitrine sur la via Condotti, quand tout à coup je tombe sur Babs Worthington. C'est elle qui m'a appris que vous aviez loué une villa dans les collines et que Fenton viendrait peut-être vous y rejoindre. Elle n'en était pas sûre.

– Et tu m'as appelée tout de même? C'est très gentil à toi, ma chérie.

Mavis resta insensible au sarcasme, les yeux fixés sur la porte. Fenton se tenait sur le seuil, en polo vert et jean mastic.

– Mavis! Que fais-tu là? s'exclama-t-il, apparemment plus surpris que ravi.

Althea a raison, pensa Linda. Mavis n'est pas du tout son genre de femme. Toute en jambe, dotée d'une abondante chevelure dorée, d'immenses yeux gris-bleu et d'une grande bouche aux dents étincelantes, elle était le type même de la belle Californienne. Fenton pouvait difficilement éprouver quoi que ce soit pour une telle Marie-Chantal!

En le voyant traverser la pièce d'un pas vif pour prendre affectueusement Mavis dans ses bras, Linda comprit pourtant que la première réaction de Fenton n'était due qu'à la surprise. Il ne s'attendait pas à la trouver là, c'est tout.

– Tu es plus belle que jamais! Maintenant que tu as brisé tous les cœurs de San Francisco, tu viens faire la même chose en Europe, je suppose?

Mavis se rengorgea, et expliqua les raisons de sa présence.

— C'est tellement bon de revoir de vieux amis, conclut-elle.

— Les vieux amis sont comme le vin, dit Fenton avec un sourire narquois. Ils se bonifient en vieillissant!

Un instant, Linda eut l'impression qu'il se moquait de son invitée, mais il continua joyeusement :

— A propos de vins, que veux-tu boire?

— Je te laisse décider, chéri. J'adore les surprises!

Secouant sa crinière blonde, Mavis se redressa, bombant le torse et dévoilant des jambes irréprochables, toutes gainées de soie.

— Qu'est-ce que vous prenez, Linda?

Il y avait dans les yeux de Fenton une tendresse mêlée de pitié. Comparée à Mavis, elle était si banale, si terne!

— Faites-moi une surprise, à moi aussi, répondit-elle brièvement.

« Pas son genre », avait déclaré Althea... Et dire que Linda avait passé la nuit dernière à échafauder des rêves où ensemble ils s'aidaient à retrouver confiance dans la vie!

Fenton lui apporta son verre avec un sourire protecteur.

— Voilà un peu de sherry. A mon avis, c'est ce qui vous conviendra le mieux. J'ai remarqué que vous supportiez mal les boissons fortes. Elles vous font rougir comme un homard.

Sur le point de laisser exploser sa colère, Linda se mordit les lèvres. Fenton alla s'asseoir sur la causeuse à côté de Mavis et lui tendit un verre couleur de rubis.

— J'adore le Campari! s'écria-t-elle. Tu devines

toujours ce qui me fait plaisir, chéri, même quand je ne le sais pas moi-même.

Il l'écouta tranquillement parler de ses projets. Elle aurait aimé rester en Italie, mais il faisait tellement chaud à Rome!

— Je pourrais peut-être trouver à louer quelque chose à Ostie ou dans les collines. Malheureusement, tout doit être déjà pris.

Elle attendait manifestement que Fenton l'invite à la villa. Les yeux fixés sur son verre, il faisait mine de ne pas comprendre. Althea non plus ne disait rien. Linda commençait à respirer quand il posa son verre et se tourna vers sa tante.

— Tu ne penses pas que nous pourrions héberger Mavis quelques jours?

Althea fronça légèrement les sourcils.

— Oui, bien sûr, dit-elle enfin. Viens quand tu veux, Mavis.

Mavis fut bientôt installée dans une des chambres d'amis. Le matin elle faisait la grasse matinée, ce qui ne l'empêchait pas de prendre un copieux petit déjeuner au lit, quelle que soit l'heure. Maria s'accommodait mal de ses façons de faire qui bouleversaient l'organisation domestique.

— Il y a des gens qui s'imaginent que les autres sont nés pour les servir, grommela-t-elle un matin en apportant à Linda son petit déjeuner.

— Je descendrais volontiers, Maria. J'avais cru comprendre que l'habitude...

— Oh! non, signorina. Je ne parlais pas de vous. Nous servons toujours le petit déjeuner dans les chambres, mais quand Mlle Mavis réclame le sien, nous sommes déjà en train de préparer le *grand* déjeuner! Cela ne l'empêche d'ailleurs pas de manger de bon appétit à une heure!

— Elle est en pleine croissance, dit Linda en riant. C'est pour cela qu'elle dévore!

– Pas seulement la nourriture, mais les hommes aussi! Figurez-vous qu'elle s'est attaquée à Amerigo, l'autre jour. Je m'en moque, remarquez. S'il veut se rendre ridicule, libre à lui. Elle a ensorcelé le signor Fenton, ajouta-t-elle pensive. Cela doit vous rendre très malheureuse.

– Grands dieux, non! répondit Linda en riant. Pourquoi serais-je malheureuse?

– Je ne sais pas. Une impression. J'espérais que le comte di Grazia vous plairait mais...

Elle se détourna sans terminer sa phrase. Quelques instants plus tard, la porte se refermait doucement derrière elle.

Incapable d'avaler une bouchée de plus, Linda abandonna son croissant et sortit sur le balcon avec sa tasse de café. Une semaine à peine s'était écoulée depuis le soir où elle avait aperçu Fenton près de la fontaine, dans le jardin inondé de clair de lune.

Heureusement que Mavis avait fait son apparition avant qu'elle n'avoue ses sentiments à Fenton. Elle imaginait le dédain amusé qui aurait accueilli ses aveux. Lors de leur première rencontre, il l'avait soupçonnée d'opportunisme, mais l'idée ne l'avait même pas effleuré qu'elle serait assez ambitieuse pour jeter son dévolu sur lui! Contrairement à ce que pensait la romantique Mme Brady, les hommes riches tombent rarement amoureux de leurs domestiques.

Heureusement pour moi, je ne l'aime pas, songea-t-elle. Un vrai don Juan! Non, décidément, elle n'en voudrait pas pour un empire! Elle enfila un T-shirt jaune, un pantalon blanc, et descendit au jardin. Depuis l'arrivée de Mavis elle consacrait des heures à sa peinture, ce qui lui évitait de se poser trop de questions.

Elle était profondément absorbée dans son travail quand Althea vint la rejoindre. Maria la suivait en portant son matériel.

– Oh! excusez-moi! s'écria Linda. J'aurais dû vous demander si vous n'aviez pas besoin de moi, Althea, mais...

– Ça ne fait rien, mon petit. Je comprends. Moi aussi je serais impatiente de me mettre au travail si j'avais ton talent. Ces derniers jours ont été difficiles pour toi, ma chérie, poursuivit-elle quand elles furent seules. Cette Mavis est tout simplement impossible.

– Parce qu'elle fait comme si je n'existais pas? Cela ne me gêne pas du tout. Vraiment. Son attitude est tout à fait normale, après tout, puisqu'elle me considère comme une subalterne.

– Tu n'avais pas besoin de lui préciser que tu étais ma demoiselle de compagnie. Je n'aurais rien dit. Fenton non plus, j'en suis sûre.

– Justement si, il fallait qu'elle le sache.

– Ça ne m'étonne pas de toi. Tu n'es pas du genre à cacher ton jeu. Fenton n'est pas amoureux d'elle, tu sais, reprit-elle après un long silence. J'en suis convaincue. Elle remue tellement d'air qu'on est obligé de la suivre, mais mon neveu n'est pas idiot. Je suis sûre qu'il la voit telle qu'elle est : une petite peste trop gâtée par la vie. Il ne tombera jamais amoureux d'une femme comme elle.

– Je l'espère pour vous. Vous seriez tellement malheureuse si Fenton faisait un mauvais mariage.

Althea repoussa tendrement une boucle folle tombée en travers du front de Linda.

– Ma chérie, je suis ton amie. Ce n'est pas la peine de me jouer la comédie.

– Je ne vois pas ce que vous voulez dire.

Le soupir d'Althea lui rappela celui que Maria avait laissé échapper en fermant la porte de sa chambre tout à l'heure. Comment les deux femmes avaient-elles si facilement deviné l'ambiguïté de ses sentiments pour Fenton? Elle n'était sans doute pas aussi habile à cacher ce qu'elle ressentait qu'elle l'imaginait. Elle se promit d'être plus prudente à l'avenir : elle ne tenait pas à ce que Fenton arrive aux mêmes conclusions.

Ce soir-là, Guido vint dîner à la villa et rencontra Mavis pour la première fois. Il la salua d'un sourire étincelant tout en assurant qu'il était enchanté de faire sa connaissance, mais ne parut pas particulièrement impressionné par la belle Californienne. Mavis le toisa d'un œil connaisseur. Elle ne sembla pas très attirée non plus et reporta vite son attention sur Fenton.

— Quand vas-tu me faire visiter la Villa d'Hadrien ?

Fenton fronça les sourcils. C'était un travailleur acharné et il ne quittait pas volontiers son bureau où il passait presque toutes ses journées au téléphone.

— Je peux peut-être me libérer quelques heures demain.

— Extra ! s'écria Mavis avec un sourire enjôleur.

— Si nous y allions à quatre ? suggéra Guido. Je voulais justement y emmener Linda. Je suis sûr qu'elle adorera cet endroit. Pour ma part, je ne me lasse jamais d'y aller.

Fenton n'hésita qu'un instant.

— Bien sûr. Allons-y tous les quatre.

Il faisait manifestement des efforts pour être courtois avec l'Italien. Linda se demanda si c'était pour faire plaisir à sa tante ou s'il cherchait à gagner son amitié pour mieux le percer à jour.

Guido se frappa soudain le front.

— Mais on oublie quelqu'un ! Il faut que vous soyez des nôtres, Althea.

— Merci, Guido. C'est gentil de penser à moi, mais j'ai du courrier en retard. Ce sera pour une autre fois. Pourquoi ne demandez vous pas à Mme Merola de vous préparer un repas froid ? Il paraît que la

Villa d'Hadrien est un endroit rêvé pour pique-niquer.

Guido trouva l'idée magnifique et proposa de se charger du vin.

Fenton l'observait avec attention, un sourire méprisant au coin des lèvres. Il était clair qu'il soupçonnait le comte des pires noirceurs. Ce pique-nique lui donnerait peut-être l'occasion de se détromper, pensa Linda. Plus les jours passaient et plus sa confiance en Guido grandissait. Fenton en viendrait peut-être aux mêmes conclusions.

Le lendemain matin, Fenton prit le volant de la Mercedes : il l'avait échangée contre la petite Fiat au bureau de location. Mavis s'installa à côté de lui. Chaque fois qu'elle se penchait pour lui murmurer quelque chose à l'oreille, ses cheveux dorés casca-daient sur ses épaules. Il répondait à ses éclats de rire d'un air absent, comme s'il était ennuyé d'avoir été obligé d'abandonner son travail.

Guido et Linda étaient installés à l'arrière.

— Je viens de vous demander si vous aimeriez sortir un de ces soirs, répéta Guido, légèrement impatienté. Il y a une nouvelle discothèque à Rome. Nous pourrions l'essayer. Vous êtes bien rêveuse aujourd'hui !

Plongée dans ses pensées, Linda n'avait rien entendu. Avec ses cheveux noirs qui bouclaient sur la nuque, son T-shirt bleu et son jean, Guido était attendrissant. Elle lui sourit et donna la première excuse qui lui vint à l'esprit.

— Je pensais à Althea. Je n'aurais pas dû la laisser seule. Après tout, je suis payée pour lui tenir compagnie.

— Ne gâchez pas une si belle journée par des regrets, dit-il en lui prenant la main. Althea était entièrement d'accord. Elle a envie que vous vous amusiez.

– Vous avez raison. Amusons-nous!

Riant aux éclats, il glissa un bras autour de ses épaules.

Les deux couples déjeunèrent à l'ombre d'un mur qui datait de l'Empire romain. Mme Merola avait préparé un pâté, du poulet froid et une salade. Guido avait apporté un délicieux vin blanc.

– On peut dire ce qu'on voudra de votre dragon de gouvernante, elle cuisine comme un ange, remarqua Mavis en reprenant du pâté pour la troisième fois.

– C'est encore avec moi qu'elle est le plus féroce, dit Guido. Elle me fusille du regard chaque fois qu'elle me voit. Je me demande bien pourquoi.

– Votre famille lui a volé des terres en 1652, paraît-il, expliqua Linda.

Guido parut tomber des nues.

– Je l'ignorais, mais il faudra que je vérifie : elle a peut-être raison et il n'est pas question que je garde quelque chose qui ne m'appartient pas.

Linda sentit son cœur bondir. Vous voyez? Il est honnête, semblaient dire ses yeux, fixés sur Fenton. Mais Fenton ne la regardait pas. La bouche grande ouverte, il essayait d'attraper au vol les grains de raisin que Mavis lui lançait. Incroyable ce qu'une belle fille peut faire d'un homme! pensa Linda en le voyant s'amuser comme un gamin.

Autour d'eux s'étendaient les ruines d'un palais autrefois aussi grand qu'une ville. Un palais qui avait abrité des théâtres, des bains, et d'innombrables trésors venus des quatre coins de l'Empire romain. Des centaines de personnes avaient vécu à la Villa d'Hadrien. Entre les colonnes de marbre couvertes de lierre, des moutons paissaient sur les fondations du plus grand temple du plaisir jamais construit.

Pendant que Linda admirait le paysage, Fenton et Mavis s'étaient éloignés.

– Enfin seuls, dit Guido d'une voix câline.

Il l'enlaça tendrement et l'attira vers lui. Elle se laissait faire, amusée par son badinage, mais quand ses lèvres gourmandes vinrent quêter un baiser sur sa bouche, elle le repoussa.

– S'il vous plaît, Guido, non.

– Mais pourquoi? Cette journée est faite pour l'amour. Regardez-les. Ils ne perdent pas leur temps, eux.

A demi dissimulée derrière une colonne, Mavis se pressait contre Fenton. Il la tenait avec raideur, comme s'il n'osait pas la serrer dans ses bras de peur de perdre le contrôle de lui-même et de la violer sur place.

Linda les observait, comme hypnotisée. Fenton allait l'embrasser, quand il releva brusquement la tête et croisa le regard de Linda.

Gênée, celle-ci se détourna et fit de nouveau face à Guido. Puisque Fenton la regardait, elle allait lui jouer sa petite comédie.

– Linda, chère petite Linda, chuchotait Guido.

Il avait une main dans ses cheveux. L'autre caressait doucement sa gorge. Entre ses yeux mi-clos, elle observait Fenton pour s'assurer qu'il ne manquait rien du spectacle.

Il n'en ratait pas une miette et semblait totalement indifférent à la beauté blonde qui se pendait à son bras en riant.

– Vous m'aimez un peu, n'est-ce pas, Linda? chuchota Guido dans un tendre murmure.

Qu'est-ce qui m'a pris, se dit-elle en se ressaisissant.

– Cet endroit est tellement merveilleux, tellement romantique... J'ai bien peur de m'être laissée aller. Je vous aime bien, Guido, mais je ne suis pas amoureuse de vous.

Avant qu'il ait pu répondre, Mavis et Fenton les avaient rejoints.

– Désolé de vous interrompre, dit Fenton d'une voix rude. Mais il faut que je rentre. J'ai quelques coups de téléphone à donner.

Dans la voiture, Mavis continua son bavardage sans paraître remarquer que Fenton ne prêtait aucune attention à ce qu'elle racontait.

– Et si nous allions à Rome demain? demanda-t-elle. J'aimerais bien déjeuner là-bas, chéri, et faire un peu de tourisme. Je suis souvent venue à Rome, mais j'ai l'impression de n'avoir encore rien vu.

– Navré, demain je ne peux pas. Tu pourrais peut-être demander aux jeunes gens derrière de t'accompagner.

Les jeunes gens! Mavis avait vingt-quatre ans, deux ans de plus que Linda. Seul son air sophistiqué la faisait paraître plus âgée.

– J'en serais enchanté, affirma galamment Guido. Mais nous pourrions peut-être attendre de pouvoir y aller tous ensemble?

– Evidemment, approuva Mavis d'un ton triomphant. Qu'en penses-tu, chéri? Quand seras-tu libre?

– Je n'en sais rien encore, répliqua-t-il, irrité.

Tout le monde, sauf Mavis, se serait rendu compte qu'il avait d'autres soucis en tête et ne souhaitait pas être dérangé. Lesquels? se demanda Linda. Se rappelant le regard noir qu'il lui avait lancé en la voyant dans les bras de Guido, une étrange idée lui traversa l'esprit...

Non. Elle devait se tromper... Il avait peut-être ressenti un pincement de jalousie tout à l'heure, mais c'était déjà oublié...

7

Un matin de la semaine suivante, Linda se leva de bonne heure pour aller peindre dans le jardin. Pour la deuxième fois de son existence, la peinture lui servait de refuge. Pourquoi éprouvait-elle le besoin d'échapper à la réalité pour se perdre dans les tons pastel de ces tableaux en demi-teintes? Jamais la vie n'avait été si belle!

Fenton interrompit ses pensées d'un joyeux:

– Bonjour!

– Bonjour, dit-elle en posant son pinceau.

– Je ne voulais pas vous interrompre. Continuez. J'aime voir un artiste à l'œuvre.

– La peinture n'est pas un spectacle! dit-elle d'un ton cassant.

C'est pourtant à elle seule qu'elle en voulait: ses mains s'étaient mises à trembler, et elle ne tenait pas à ce qu'il s'aperçoive du trouble dans lequel sa présence la plongeait.

– Je suis désolé. Je ne voulais pas vous déranger. J'aurais aimé... Non, rien, ajouta-t-il avec un sourire. Je vous promets de ne plus vous ennuyer.

Elle ne pouvait pas le laisser partir comme ça, blessé par son absurde réaction.

– Attendez! Ne partez pas. Je regrette d'avoir été si brusque. Je suis d'une humeur massacrante, ce matin. Mon tempérament d'artiste, sans doute, dit-elle en riant.

– Dans ces conditions, je suis bien obligé de vous pardonner.

Un sourire apparut au coin de ses lèvres. Il était plus séduisant que jamais.

– Il faudra que je fasse votre portrait, un jour!

Il éclata de rire, et ses dents étincelèrent dans son visage hâlé.

– D'accord, à condition que je pose nu.

Linda s'attendait à ce qu'il se moque de la rougeur soudaine qui lui monta aux joues, mais il lui effleura le bras avec une infinie douceur et changea de sujet.

– Parlez-moi de votre tableau. Comment allez-vous l'appeler?

– *L'Enfant à la Grenade*, dit-elle, rassurée de se retrouver sur un terrain plus neutre.

– Ah! c'est cet arbre qui vous sert de modèle! Qui est la petite fille? demanda-t-il dans un murmure. Elle est dans tous vos tableaux, n'est-ce pas? Une petite fille au milieu du brouillard. Qui est-ce, Linda? Quelqu'un que vous connaissez?

Il lui saisit le menton et l'obligea à se tourner vers lui. Les yeux emplis de larmes, la gorge serrée, elle était incapable de prononcer un seul mot.

– Je crois savoir qui est cette petite fille, dit-il en la regardant tendrement. Et j'espère que ce brouillard fera place un jour à un soleil éclatant. Elle a déjà l'air plus heureux que *l'Enfant des Brumes*.

– En effet. J'ai voulu donner une note plus gaie à ce tableau.

– J'espère que vous ne prenez pas pour argent comptant tous les compliments que Guido vous fait sur votre talent, reprit-il d'une voix amère. Cette idée d'exposition n'est peut-être pas totalement désintéressée, vous savez.

Il avait vraiment le don de l'exaspérer!

– Vous pensez que mes tableaux ne sont pas assez bons?

– Je n'en sais rien. Je les trouve très beaux, mais je ne suis pas critique d'art. Et je ne suis pas sûr que di Grazia le soit plus que moi. Quelqu'un qui refuse de travailler alors que sa maison s'écroule ne m'inspire pas confiance.

– S'il ne veut pas travailler, c'est son affaire!

– Pas s'il essaie d'escroquer ma tante.

– Vous croyez que c'est pour cela qu'il me propose cette exposition?

– Sans doute. Il affirme avoir l'intention de restaurer le château, mais il ne paraît avoir aucun projet précis pour rassembler l'argent nécessaire. Il espère peut-être tirer un coquet bénéfice de l'exposition. A moins qu'il ait quelque chose de plus important en vue. Vendre un faux Raphaël à Althéa, par exemple.

– Et si ce n'était pas un faux?

– Ce serait différent, évidemment. L'achat d'une œuvre d'art est le meilleur investissement que l'on puisse faire en ce moment. Meilleur que l'or, même.

Linda exultait. Fenton s'intéressait à tout ce qui pouvait se monnayer. Même s'il n'appréciait pas l'art à sa juste valeur, il en connaissait le prix. Une fois le Raphaël authentifié, il n'empêcherait sûrement pas sa tante de faire une opération commerciale fructueuse.

L'arrivée d'Althea et de Guido interrompit leur conversation.

– Vous faites des progrès, dit Guido en examinant l'œuvre en cours. Je vais bientôt pouvoir parler de vous au signor Musto.

– Vraiment, Guido, je n'ai pas assez de talent, protesta Linda.

Guido, habituellement indolent, montrait beaucoup d'autorité quand il parlait peinture.

– Je suis bien meilleur juge que vous en la matière.

Linda haussa les épaules d'un air résigné.

– Laissez-moi terminer *l'Enfant à la Grenade* avant de parler de moi à votre ami.

– Bien sûr, mais ne traînez pas trop. L'exposition doit être organisée au plus tôt. Tout le monde quitte Rome pendant les grandes chaleurs, et l'été approche.

– A propos de Rome, dit Fenton, j'ai promis à Mavis de l'y emmener déjeuner. J'ai un peu de temps libre aujourd'hui. Voulez-vous vous joindre à nous, tous les deux?

– Avec plaisir, répondit Guido.

– Je ne vois pas comment je pourrais aller me promener tout en continuant à peindre, objecta Linda.

– Vous ne pouvez pas travailler tout le temps, *cara*, insista Guido, tandis que Fenton soulignait qu'il ne savait pas quand il disposerait d'une autre journée de liberté.

– Mavis ne pourra peut-être pas nous accompagner aujourd'hui, fit remarquer Linda.

– Elle viendra, répondit Fenton avec une assurance désinvolte.

Il avait raison. Peu avant midi, ils prirent tous les quatre le chemin de Rome dans la Maserati de Guido. Malgré le dédain qu'il affichait pour la « Rome des touristes », il se rengorgea en leur montrant le Colisée et l'ancien Forum, et pénétra avec tout autant de vénération que Linda dans la basilique Santa Maria Maggiore. Manifestement aussi impressionné qu'elle devant les cascades de la fontaine de Trévi, il lança comme tout le monde une pièce dans le bassin. En regardant la sienne disparaître dans l'eau, Linda se demandait si son vœu serait exaucé, et si elle aurait jamais l'occasion de revenir dans ce beau pays.

Après une promenade dans les magnifiques jardins Borghèse, Guido les entraîna à la terrasse d'un café de la via Veneto. Il commanda une salade et de délicieux gnocchi, servis avec une sauce tomate et du fromage.

Linda grignota quelques bouchées, sans le moindre appétit. L'Italie est un pays trop romantique, décida-t-elle. Il faut être amoureux pour s'y plaire. Elle observait Mavis qui roucoulait à l'oreille de Fenton en promenant ses lèvres sur sa joue. Il s'écarta, manifestement gêné de se livrer à ce genre de démonstrations en public. Linda se doutait bien pourtant qu'il aurait réagi tout autrement s'il avait été seul avec Mavis. Malgré les mots d'amour que Guido lui murmurait à l'oreille, elle se sentait très malheureuse.

Elle avait eu beau lui expliquer qu'il perdait son temps, il semblait prendre plaisir à jouer les amoureux transis.

En rentrant, ils trouvèrent Althea dans le *salotto*. Elle écouta avec intérêt Linda raconter sa journée et décrire d'une voix émue les tableaux qu'elle avait admirés.

Tandis qu'on leur servait le thé, elle demanda à Guido s'il comptait toujours vendre son Raphaël.

– J'ai beaucoup réfléchi, répondit-il d'une voix peinée, mais hélas! il le faut... et vite. Hier, encore un morceau de plafond du grand salon s'est effondré. Je dois trouver un acheteur de toute urgence. N'importe quel musée serait intéressé, évidemment, mais comme je vous l'ai expliqué, Althea, je préférerais le vendre à quelqu'un qui l'aime autant que moi.

– Quelqu'un comme ma tante, dit Fenton d'une voix acide.

Guido se cabra.

– Oui, quelqu'un comme votre tante. Je vous accorde la première option, signora. Naturellement, je vous laisserai tout votre temps pour réunir l'argent si vous vous décidez.

– Là n'est pas le problème. Je veux ce tableau. Ce sera la pièce maîtresse d'une collection dédiée à la mémoire de mon mari.

– Quelle merveilleuse idée! s'écria Guido.

Il avait à peine terminé sa phrase que Fenton explosa.

– Je ne savais même pas que tu avais l'intention de l'acheter! J'espère tout de même que tu comptais m'en parler auparavant.

– Je sais parfaitement que je dois te consulter pour tout achat important, répondit calmement Althea. Mais je ne vois pas quelles objections tu pourrais faire. Non seulement je tiens à ce Raphaël, mais de plus c'est un excellent placement.

– En effet, répliqua-t-il, impatienté. Si toutefois c'est un Raphaël! Je me souviens d'un certain vase de Cellini, il y a quelques années...

Dans un éclat de rire, Althea raconta à Guido comment elle avait été délestée d'une petite fortune lors d'un précédent voyage en Italie.

– Je suis désolé qu'un de mes compatriotes ait pu vous tromper, mais il n'y a aucun doute possible quant à l'authenticité de ce Raphaël. Il a été commandé à l'artiste par ma famille et n'a jamais quitté le château depuis. Bien entendu, je le montrerai à un expert, autant dans mon intérêt d'ailleurs que dans celui de l'acheteur. Il vaut peut-être beaucoup plus que les deux millions que je voulais en demander. Une toile mineure du célèbre peintre s'est vendue beaucoup plus cher à Londres récemment.

– Si ma tante persiste dans ses intentions, c'est à moi qu'il reviendra de nommer l'expert qui l'authentifiera et qui en fera l'estimation, annonça sèchement Fenton.

– Nous arriverons sûrement à trouver une solution qui nous satisfera tous les deux, répondit calmement Guido.

Il salua Althea et demanda à Linda s'il pouvait passer la prendre dans la soirée.

— Il y a une colline non loin d'ici d'où l'on peut apercevoir les lumières de Rome. La vue est superbe. Je suis sûr que l'endroit vous plaira.

Linda s'apprêtait à répondre qu'elle préférait se reposer. Le froncement de sourcils de Fenton la fit changer d'avis.

— Je vous attends à huit heures, dit-elle en souriant.

Fenton Harkness avait beau se prendre pour le maître absolu, elle ne le laisserait pas décider de ses allées et venues!

— Quelle vue extraordinaire! Je suis heureuse que vous m'ayez amenée ici, Guido.

— Et moi ravi que vous soyez venue. Que diriez-vous d'un petit baiser? demanda-t-il d'une voix caressante.

— Non. Vraiment, Guido, j'aimerais que vous arrêtiez de jouer la comédie. Croyez-vous qu'il soit vraiment impossible à un Italien d'éprouver de l'amitié pour une femme?

— Ce n'est pas de la comédie, *cara*. Je vous aime.

— Mais moi, je ne vous aime pas. Si nous discutions d'autre chose? Parlez-moi de votre famille. Votre devise, c'est *carpe diem*, n'est-ce pas? Qu'est-ce que ça veut dire?

— Ça veut dire *Saisissez la chance à bras-le-corps*, fit-il, grincheux. (Comprenant l'humour de la situation, il éclata de rire.) C'est ce que j'ai essayé de faire, mais puisque vous ne voulez pas coopérer, parlons, si vous voulez.

Captivée, Linda écouta l'histoire de cette vieille famille de guerriers et de lettrés qui, par des mariages et des alliances judicieuses, avaient agrandi leur fief jusqu'à rivaliser avec les grandes républiques de l'époque.

– Ensuite notre fortune a commencé à décliner, et nous sommes maintenant au plus bas. Bientôt le château s'écroulera... et ce sera la fin des di Grazia.

– Le château ne va pas s'écrouler. Après la vente du Raphaël vous pourrez faire des réparations.

– Je ne supporterais pas de le vendre à un musée. Pour moi, c'est comme un membre de la famille. J'ai l'impression qu'il a besoin d'amour, comme tous les êtres vivants.

– Althea l'aime autant que vous.

– Vous pensez qu'elle va l'acheter? Fenton n'a pas l'air d'accord, et si c'est lui qui gère ses affaires...

Linda le rassura de son mieux. Il insista pour s'arrêter dans un petit café boire un capuccino, et elle ne rentra que tard dans la soirée.

Elle s'efforçait de faire le moins de bruit possible et venait d'atteindre sa chambre sur la pointe des pieds quand une porte s'ouvrit dans le couloir. Vêtu d'une robe d'intérieur en soie négligemment nouée, les cheveux en bataille, Fenton l'interpella.

– Vous savez l'heure qu'il est?

Linda consulta sa montre.

– Minuit passé de quelques minutes à peine, dit-elle sèchement.

– Ne faites pas l'innocente, vous voyez très bien ce que je veux dire! Je me suis fait un sang d'encre en vous sachant seule avec ce type. Vous n'êtes qu'une gamine. Je me sens responsable de vous.

– Je ne comprends pas.

– Qu'est-ce que vous ne comprenez pas?

– Pourquoi vous agissez toujours comme si vous étiez beaucoup plus âgé que moi. Nous avons pratiquement le même âge!

Il eut un rire amer.

– Le même âge? Vous rendez-vous compte que j'étais à la tête d'une immense entreprise quand vous alliez encore au lycée?

– Je ne vois pas ce que ça change. Mavis n'a que deux ans de plus que moi. Vous ne la traitez pourtant pas comme une gamine, elle!

– Parce qu'elle n'en a jamais été une. Elle connaissait déjà la vie en venant au monde, mais vous, vous êtes un vrai bébé. Comment voulez-vous que je ne me fasse pas de souci en vous sachant seule avec un homme, perdue quelque part dans les collines?

– Vous n'êtes pas mon ange gardien. Et d'autre part, je suis assez grande pour savoir ce que j'ai à faire! Si j'ai envie d'accorder mes faveurs...

– Ah! parce que vous avez envie d'accorder vos faveurs?

Il la prit dans ses bras et écrasa sa bouche sur la sienne. Prise en traître, elle se préparait à se débattre quand il se fit soudain très doux, très tendre.

Toute velléité de résistance l'abandonna, et elle s'agrippa à lui pour l'attirer tout contre elle.

– Fenton, gémit-elle. Oh! Fenton...

Il s'écarta brusquement pour la considérer d'un regard où luisait un éclat diabolique.

– Nous ferions mieux de continuer dans votre chambre.

Il ouvrit la porte et la poussa à l'intérieur.

– Que voulez-vous dire? demanda-t-elle en se dérobant.

– Puisque vous êtes assez grande pour savoir ce que vous avez à faire, vous devez certainement savoir ce que je veux dire.

Elle eut l'impression de recevoir une douche froide en pleine figure.

– Vous êtes odieux!

Quel mufle! Malgré ses efforts pour ne montrer

que du mépris, sa voix se brisa. Il eut un rire moqueur.

– On dirait que vous n'êtes pas si affranchie que ça.

– Tout dépend de ce qu'on entend par là. Ce n'est pas parce que les films pornos ou les livres de même acabit sont réservés aux adultes qu'on est obligé de mettre en pratique... ce genre de choses pour être considéré comme un adulte.

– Ce genre de choses! Vous n'osez même pas dire « faire l'amour »! Allez, essayez, dites-le. *Faire l'amour.*

– De quel droit vous permettez-vous de me dicter ma conduite ou ma façon de parler? Si vous voulez tout savoir, j'estime qu'il faut vraiment éprouver des sentiments très profonds avant de...

– Supposez que je vous dise que vous me plaisez beaucoup.

Elle resta interdite.

– Mais c'est faux! s'écria-t-elle enfin. Vous ne m'aimez pas, ni moi non plus d'ailleurs. En tout cas pas assez pour...

– Avouez-le, Linda, vous n'êtes pas le genre de fille à coucher avec un homme avant d'avoir la bague au doigt.

– Ma... ma vie sexuelle ne regarde que moi, articula-t-elle péniblement en lui fermant la porte au nez.

Cette nuit-là, Linda s'agita longuement entre ses draps de soie. Elle pensait à la question de Fenton. « Et si je vous disais que vous me plaisez beaucoup? » Il n'en était rien, bien sûr. Pourtant ces mots tournaient en rond dans son esprit, sans pouvoir s'arrêter.

Elle revivait avec délices la merveilleuse sensation d'abandon qu'elle avait ressentie dans ses bras. Peut-être était-ce la même ivresse que sa mère avait connue sous les caresses de Daniel Morse et qu'elle avait payée si cher? Même si par miracle Fenton s'attachait à elle, il ne fallait surtout pas qu'elle s'y laisse prendre. Cela ne durerait pas. C'était un don Juan, un viveur. Il aurait vite fait de se fatiguer d'elle et d'en trouver une autre.

Quelques jours plus tard, Linda et Althea peignaient dans le jardin quand Guido fit son apparition en annonçant qu'il venait chercher *l'Enfant des Brumes* pour l'emporter à Rome.

– Je viens de parler au signor Musto. Il n'y a pas de temps à perdre si nous voulons faire cette exposition avant l'automne. Dès qu'il aura vu le tableau, je dresserai la liste des invités. J'aimerais demander à la principessa Orlandi de patronner l'événement, et comme elle quitte Rome tous les ans au début de l'été, nous devons faire vite. Nos familles sont très liées depuis toujours. La sienne, heureusement, est restée prospère. C'est une des figures importantes de la haute société romaine. Une protectrice des arts. Son appui nous sera très précieux.

Guido sortait de la villa avec le tableau sous le bras quand Fenton le croisa dans le vestibule. Il le suivit d'un regard suspicieux pendant que Linda lui expliquait la situation.

– Vous pourriez me souhaiter bonne chance, dit-elle.

– Bien sûr que je vous souhaite bonne chance, mais j'aimerais bien savoir ce qu'il mijote. Il doit avoir une raison pour se dépêcher d'organiser cette exposition. J'ai l'impression que ça va se terminer par une facture qu'il espère faire payer à Althea.

– Vous devez être très malheureux avec un esprit aussi mal tourné!

– Tout le monde ne peut pas avoir votre touchante naïveté! Vous imaginez peut-être que le

Raphaël qu'il agite sous le nez de ma tante est authentique?

– Bien entendu, dit-elle d'une voix hésitante. De toute façon nous saurons bientôt à quoi nous en tenir.

– On m'a indiqué un certain professor Bresciani de l'université de Rome. C'est, paraît-il, une autorité très respectée en la matière. Dès que di Grazia nous fera une offre en bonne et due forme, je m'adresserai à lui.

– Guido veut d'abord s'occuper de mon exposition. A cause de la principessa Orlandi, ajouta-t-elle avec une fierté naïve. C'est elle qui doit patronner le vernissage, et elle va bientôt quitter Rome.

– Je suis étonné de voir quelqu'un qui se pique de modernisme fanfaronner de la sorte en me lançant à la tête des titres de noblesse!

Avant qu'elle puisse répondre, Mavis fit son apparition, vêtue d'un pantalon noir ajusté et d'un corsage de soie bleue. Sa crinière dorée artistement ébouriffée, lui donnait un air de nonchalante sensualité qui pouvait difficilement laisser indifférent. Fenton, pourtant, se contenta de la saluer d'un bref bonjour et se retira dans son bureau.

– Fenton! cria Mavis d'une voix acide.

Il se retourna. Elle lui décocha un sourire charmeur.

– Tu n'as rien à faire ce matin, je crois. J'aimerais tant aller me promener jusqu'à la Villa d'Este.

Avec un sourire plein d'ironie, Fenton objecta qu'il ne pouvait pas s'absenter.

– J'ai une idée, ajouta-t-il, soudain malicieux. Pourquoi ne demandes-tu pas à Linda de t'accompagner? Amerigo vous y conduira.

L'air dégoûté, Mavis s'apprêtait à lui dire ce qu'elle pensait de sa suggestion quand Linda coupa court à ses protestations.

– Désolée, mais je ne peux pas me libérer aujourd'hui. Avec cette exposition à préparer, impossible de quitter mon chevalet. Vraiment navrée, Mavis.

Linda entendit Fenton s'éloigner en riant, et descendit au jardin.

– Vous avez l'air vraiment contente de vous, jeune fille, remarqua Althea en levant les yeux de son chevalet.

– Et pourquoi pas? On va bientôt exposer mes tableaux à Rome.

– Même si l'on te faisait cadeau de Rome, tu ne sourirais pas comme ça, dit la vieille dame en l'observant par-dessous le bord de son chapeau de paille. Il y a autre chose. Mais je ne suis pas du genre à m'immiscer dans les affaires des autres.

– Ah oui? Et qu'est-ce que vous faites en ce moment?

– D'accord, mais c'est dans ton intérêt et dans celui de Fenton.

Linda n'avait guère envie de s'étendre sur ce sujet.

– Je ferais mieux de me mettre au travail.

Ce qu'elle fit, jubilant encore d'avoir remporté une telle victoire sur sa rivale.

Les préparatifs de l'exposition allèrent bon train. Le signor Musto avait été enthousiasmé par les tableaux de Linda, et la principessa Orlandi avait accepté de parrainer l'événement. Sur un plan purement mondain, son nom sur les invitations suffisait à assurer le succès du vernissage.

Dans la vie de Linda, la peinture tenait une place prépondérante. C'était le seul domaine qui lui donnât entière satisfaction. Si toutefois l'exposition ne se soldait pas par un échec. Que se passerait-il dans le cas contraire? Dix fois par jour au moins, elle se posait la question.

Fenton, avec ses éternels soupçons, ne faisait rien pour apaiser ses craintes.

– Rappelez-moi d'emporter mon carnet de chèques, ce soir-là. Vous pourrez en avoir besoin!

Elle ne daignait pas répondre à ses provocations, persuadée que, contrairement à ce qu'il pensait, Guido était honnête et digne de confiance. Seules les réactions du public lui importaient. Si l'exposition était un succès, Fenton serait bien obligé de reconnaître ses qualités d'artiste, à défaut d'autre chose.

Il y avait tant d'ardeur en elle, de passion, d'exigence, qu'elle avait peur de ne jamais rencontrer l'âme sœur. C'est pourquoi elle avait décidé de consacrer sa vie à la peinture, si son exposition rencontrait un accueil favorable. Elle se mit à compter les heures qui la séparaient encore du grand jour.

La veille du vernissage, Guido arriva à la villa avec de tristes nouvelles.

– Signor Musto a eu une crise cardiaque. Il a été transporté d'urgence à l'*hospidale*, annonça-t-il, désespéré.

Il se mit à faire les cent pas sur la terrasse où ils étaient tous réunis pour prendre le café.

– Quel malheur! s'écria Althea.

Mavis, qui pour une fois s'était levée avant midi, se contenta de hausser les épaules.

– Ça n'aurait pas marché de toute façon. J'aurais pourtant bien aimé rencontrer la princesse.

– Vous avez des problèmes, di Grazia? intervint Fenton d'un air entendu. Il vous faut quelqu'un pour remplacer signor Musto et superviser l'exposition, c'est cela, n'est-ce pas? Annoncez la couleur, si ce n'est pas trop cher...

Fenton n'alla pas plus loin. Guido pivota, le visage empourpré, ses longues mains fines violemment crispées.

– Je vous ai déjà dit qu'il n'y aurait rien à payer! Je ne suis pas un menteur! Autrefois, les hommes de ma famille vous auraient demandé raison de cette offense!

Visiblement impressionné par son indignation, Fenton eut un geste d'excuse.

– N'y a-t-il vraiment rien à faire ?

Guido avait déjà repris son calme.

– Je ne vois pas, dit-il d'une voix blanche. Il est beaucoup trop tard pour trouver quelqu'un qui puisse animer le vernissage comme il le mérite. A moins...

– A moins? s'écria Linda.

Elle avait jusqu'ici gardé le silence, anéantie par la nouvelle, et s'accrochait au moindre espoir.

– A moins que je ne m'en charge moi-même. Pourquoi pas? Je m'y connais un peu et j'ai beaucoup appris ces derniers jours sur le fonctionnement des galeries d'art. Pour une fois, je pourrais peut-être me rendre utile.

Il continuait à tourner en rond, mais d'un pas plus décidé. Il s'arrêta finalement devant Linda.

– Je vais le faire. Pour vous, chère petite Linda.

Elle bondit de son siège pour serrer ses mains dans les siennes.

– Merci, Guido. Merci!

Il se dégagea avec douceur.

– Excusez-moi, maintenant. Je dois aller à la galerie. Il y a encore mille détails à régler.

8

La galerie Musto, via Babuino, n'avait rien de bien impressionnant. Une fois à l'intérieur, Linda eut pourtant le sentiment de pénétrer dans une ambiance extrêmement raffinée. Ils traversèrent une salle immense, où d'étonnantes œuvres d'art étaient exposées dans un décor moderniste, et arrivèrent dans une pièce plus petite, où des serveurs s'affairaient à installer un bar, à transporter des chaises, à arranger des fleurs, tout en parlant à voix basse comme dans une église.

Guido, très élégant dans un smoking amarante, les précéda jusqu'à une petite alcôve qui leur avait été réservée. Il disparut aussitôt pour régler les détails de dernière minute.

Ils étaient à peine assis que Mavis commença à se plaindre.

– Combien de temps ça va durer, cette affaire? On ira danser après, n'est-ce pas, chéri?

Fenton portait un costume noir très sobre. Moulée dans un fourreau écarlate, la chevelure ramenée sur le côté en une torsade spectaculaire où brillait un joyau, Mavis par contre s'était mise en frais.

Même en guenilles, elle m'aurait volé la vedette ce soir, pensa Linda. La jeune fille avait pourtant mis sa plus belle robe pour l'occasion, mais en voyant apparaître Mavis, elle avait eu l'impression de sortir tout droit du bal de fin d'année de son ancien collège!

– Nous verrons plus tard, dit Fenton en adressant à Linda un sourire chaleureux. Ça va très bien marcher, petite, je sens ça. Vous devriez vous détendre.

Surprise qu'il ait remarqué sa nervosité, elle lui rendit son sourire.

Althea lui serra maternellement la main.

– Fenton a raison, tu vas voir. Ne te fais pas de souci.

La principessa Orlandi arriva bientôt. Après un rapide coup d'œil aux tableaux, elle demanda à Guido de la conduire auprès de Linda. Ses grands yeux noirs brillaient d'une lueur complice quand elle lui tendit la main.

– J'aime beaucoup ce que vous faites, signorina.

Avec un bref signe de tête à l'adresse des autres, elle prit place dans l'imposant fauteuil qui lui était réservé. Quelques instants plus tard, les invités faisaient leur entrée.

Accueillant les retardataires, faisant les présentations, discutant les prix avec les acheteurs éventuels, Guido était partout à la fois. Linda se désolait de penser qu'il redeviendrait, tout ceci terminé, le jeune oisif qu'il avait toujours été.

– Il faut fêter ça, déclara-t-il quand tout le monde fut parti. J'ai réservé une table dans un night-club à cette intention.

Althea déclina l'invitation et Amerigo la reconduisit à la villa tandis que les autres s'installaient dans la Maserati. Guido s'arrêta devant le Nero Club, dans le quartier de Trastevere.

Dans la boîte de nuit enfumée, la sono tonitruante empêchait toute conversation. Guido réussit pourtant à se faire entendre. Il s'estimait satisfait de l'exposition, malgré le peu de tableaux vendus.

– Ce n'est pas cela l'important. Ils prendront de la valeur avec le temps. Mais dites-vous bien, Linda, qu'à part quelques privilégiés, l'art n'a jamais enrichi personne.

— Je n'ai jamais espéré vivre de ma peinture.

— Ce sont les marchands de tableaux qui gagnent de l'argent. Mais il faut un temps fou pour mettre sur pied une galerie prospère. Regardez signor Musto : maintenant que son affaire commence à rapporter, le voilà à l'hôpital avec une crise cardiaque!

— C'est la vie, commenta Mavis en haussant les épaules. On danse, chéri? ajouta-t-elle à l'adresse de Fenton. Cette musique me rend folle.

Fenton maugréa qu'elle le rendait fou lui aussi, mais pas de la même façon!

— Ils vont bien se résoudre à jouer quelque chose de plus lent, remarqua-t-il.

Mavis fronça les sourcils. Cette soirée ne lui réussissait guère, ce qui ne devait pas lui arriver souvent, nota Linda en la voyant faire la moue comme une enfant gâtée. Pour une fois, c'était Linda qui tenait le devant de la scène.

— Vous avez été remarquable ce soir, Guido. On aurait pu croire que vous faisiez ce métier depuis des années.

Elle quêta une approbation du côté de Fenton, mais il n'avait apparemment pas renoncé à ses soupçons.

— N'auriez-vous pas songé à vous installer à votre compte, par hasard? demanda-t-il à l'Italien.

— Certainement pas! Il faut une somme colossale pour monter une galerie.

— Justement, vous pourriez emprunter de l'argent?

Guido éclata de rire. Il était manifestement de trop bonne humeur pour prendre la mouche.

— Qui serait assez fou pour m'en prêter?

Mavis sortit enfin de son mutisme pour relancer Fenton.

110

– La musique est fantastique! S'il te plaît, chéri, viens!

Il jeta un regard sur la piste où s'agitait une multitude de couples et secoua la tête.

– Si tu y tiens vraiment, allons dans un endroit plus calme.

– Les endroits calmes ne m'amusent pas. Je veux rester ici et danser, dit-elle en se levant.

Guido aussi s'était levé. Il essayait d'entraîner Linda en la tirant par la main, mais elle résistait.

– Je suis comme Fenton. Il y a trop de monde. Pourquoi ne dansez-vous pas avec Mavis?

Il hésita un instant, mais la musique l'emporta, et tous deux descendirent sur la piste.

Linda les suivait pensivement des yeux quand Fenton posa sa main sur la sienne.

– Ne lui en voulez pas. Mavis n'a pas son pareil pour éblouir les hommes, mais je ne crois pas que ça aille bien loin avec Guido. Ils voulaient danser, c'est tout.

Sur le point de répondre que Guido pouvait bien faire ce qu'il voulait, elle préféra se taire. Après tout, que lui importait ce qu'il pensait? L'essentiel était qu'il ne devine pas que c'était lui, l'homme qui hantait ses rêves.

– Vous avez sans doute raison, se contenta-t-elle de répondre.

– Vous devriez danser aussi, dit-il en se penchant vers elle. Vous êtes trop jeune pour faire tapisserie.

– Vous aussi.

– Ne dites pas de bêtises. Vous êtes une adolescente, et moi...

– Je suis une femme!

Leurs visages se touchaient presque. Elle pouvait sentir le parfum épicé de sa lotion après-rasage. Leurs regards se croisèrent.

– Vous êtes une femme, c'est vrai, mais une très

jeune femme. Si un homme profitait de votre inexpérience, je ne lui pardonnerais jamais.

Il pensait à Guido, évidemment, mais une fois encore elle garda le silence de peur de se trahir. D'ailleurs les danseurs revenaient vers la table.

– Alors, lâcheurs, vous avez bien bavardé? demanda Mavis.

– Avec difficulté, dans ce vacarme, répondit Fenton.

Guido proposa de boire encore un verre et, comme tout le monde refusait, il fit signe au serveur.

– *Il conto per favore.*

– Je m'en charge, objecta Fenton.

– Pas question! Vous êtes mes invités.

Devant la villa, Guido retint Linda par le bras pendant que Fenton et Mavis descendaient de voiture.

– Félicitations, *cara*, dit-il en plaquant un baiser sur ses lèvres. Vous voilà une artiste confirmée.

– Grâce à vous. Merci du fond du cœur.

D'un mouvement impulsif, elle lui rendit son baiser.

Ce n'est qu'en gravissant le perron qu'elle s'aperçut que Fenton l'attendait devant la porte.

– Très touchant, cette petite scène, dit-il d'une voix lasse.

Il prenait l'air arrogant du seigneur qui règne en maître tout-puissant sur ses sujets. En d'autres temps, pensa-t-elle, il n'aurait pas hésité à user de son droit de cuissage sur toutes les filles du domaine!

– Guido, lui au moins, n'a pas essayé de m'attirer dans son lit!

– Parce que moi...? Oh! vous voulez parler de la nuit où vous teniez à me prouver que vous étiez adulte? Vous ne croyez tout de même pas que j'étais sérieux? demanda-t-il en riant.

112

– Suffisamment sérieux pour continuer si je vous avais laissé faire.

– Voilà qui montre bien que vous ne comprenez rien à rien, très chère. Mon Dieu, j'oubliais Mavis! Il faut que j'aille lui souhaiter bonne nuit. A mon tour de jouer la scène du baiser!

« Très chère! » Il s'arrangeait toujours pour employer le mot, l'expression qui réussissait à la blesser, à la ravaler au rang d'une gamine importune. Les joues lui brûlaient encore quand, seule dans sa chambre, elle se démaquilla avant de se mettre au lit. Peut-être s'était-elle trompée, après tout? Peut-être lui était-elle vraiment totalement indifférente?

Avant d'entrer dans sa chambre, elle avait vu Fenton frapper à la porte de Mavis, et se surprit à écouter les pas dans le couloir. Allait-il vraiment coucher avec cette fille alors que sa tante dormait à deux pas? Linda s'en voulut de sa naïveté. Pour lui comme pour beaucoup d'autres aujourd'hui, les tabous n'existaient plus. Il valait mieux tout étaler au grand jour. Et Mavis, en jeune femme libérée, ne pouvait qu'être du même avis...

Quelques instants plus tard, pourtant, elle entendit ses pas lourds résonner dans le corridor. Mavis ne lui avait probablement même pas ouvert! Elle eut un accès de fou rire qui se transforma, sans raison apparente, en sanglots convulsifs. La journée avait été fertile en émotions et ses larmes s'arrêtèrent aussi brusquement qu'une averse d'été. Apaisée, elle sombra bientôt dans un sommeil réparateur.

9

En venant dîner un soir, Guido demanda à Althea si elle désirait toujours acheter le Raphaël.

– Bien entendu! s'exclama-t-elle. Je suis désolée que vous soyez obligé de vendre une telle merveille, mais si vous le faites, je tiens à être la nouvelle propriétaire.

Debout devant la cheminée, un whisky-soda à la main, Fenton intervint d'une voix rude.

– Tu ferais mieux de me laisser m'en occuper, Althea. Il faut faire estimer l'œuvre par un expert. Je pense m'adresser au Pr Bresciani, si vous n'y voyez pas d'inconvénients, Guido.

– Je connais fort bien la réputation du professor et je suis prêt à accepter son verdict. Ma mère aimerait organiser une petite fête pour faire ses adieux à *la Reine des Cieux*. Il pourra procéder à l'expertise ce soir-là. Vous êtes tous invités aussi, bien entendu.

Il avait légèrement pâli. Etait-ce le regret de devoir se séparer du tableau ou la hantise de voir sa supercherie découverte?

– Très bien, acquiesça Fenton à contrecœur. Je suppose que c'est une façon comme une autre de procéder.

– C'est une merveilleuse idée, approuva Althea.

Mavis était tout aussi enthousiaste, mais pour des raisons différentes.

– Je vais me trouver une robe sublime! Et pour

une fois mon père ne pourra pas dire que je jette l'argent par les fenêtres. Je ne peux tout de même pas aller en guenilles dans un château!

A part l'intéressée, tout le monde éclata de rire en l'imaginant en haillons. Linda l'avait déjà remarqué, Mavis MacBride était totalement dépourvue de sens de l'humour.

Juste avant le dîner, Fenton annonça qu'il comptait se rendre à Milan le lendemain.

– Je t'accompagne! s'écria Mavis. Ils ont des boutiques fabuleuses là-bas!

– Désolé, mais c'est un voyage d'affaires. Je n'aurai pas le temps de faire du lèche-vitrines.

Mavis pleurnicha un moment, puis, comprenant le ridicule de la situation, elle changea de tactique et, s'accrochant à son bras pour gagner la salle à manger, se fit plus possessive que jamais.

Fenton semblait soucieux. Peut-être regrettait-il de ne pouvoir l'emmener avec lui? pensa Linda.

Il était très tôt encore, quand Linda entendit le bruit du moteur de la Mercedes. Elle eut juste le temps de courir à la fenêtre pour l'apercevoir au bout de l'allée. Seul au volant de sa voiture, Fenton se tenait droit comme un chevalier sur son destrier, les reflets roux de ses cheveux chatoyant dans le soleil du matin.

En le regardant disparaître, elle imagina un instant ce qu'aurait pu être leur relation si Mavis n'avait pas fait son apparition. Fenton se serait-il rapproché d'elle, comme elle l'avait cru un moment ou aurait-il trouvé une autre de ces beautés ravageuses? Coupant court à ses méditations, elle se dirigea vers la salle de bains pour se doucher avant d'attaquer une longue journée de travail devant son chevalet.

En attendant que l'eau se réchauffe, elle s'étudia attentivement dans le miroir. Ses traits avaient perdu leur rondeur enfantine et une lueur mystérieuse jouait maintenant dans ses yeux.

— Vous êtes une femme, c'est vrai, avait dit Fenton l'autre soir.

Pendant le déjeuner, Althea proposa d'aller faire quelques courses à Rome.

— Il me faut un ensemble neuf pour monter au château et cela m'étonnerait que tu aies apporté une robe de soirée dans tes valises. Je me trompe? demanda-t-elle en souriant à Linda.

— La vraie Cendrillon! Tant pis, je n'aurai qu'à mettre la même robe que pour l'exposition.

— Laisse-moi jouer les bonnes marraines et tu arriveras au château vêtue comme une princesse.

— Je n'ai rien fait pour mériter ça! Je peux très bien m'acheter ma robe moi-même, dit-elle après un calcul rapide. Après tout, ce genre d'événement ne risque pas de m'arriver souvent!

Comme chaque fois qu'on parlait chiffons, Mavis prit un air rêveur.

— J'irai acheter ma robe chez Signorelli, dit-elle. Peu importe le prix! Et des bijoux, aussi. Papa va encore piquer une crise, mais il finit toujours par payer. D'ailleurs il n'a pas le choix, dit-elle en riant.

— Quelle épouse dépensière vous ferez! remarqua Althea.

— Mon mari? Il adorera ça! Les hommes s'attendent tous à ce que leur femme jette l'argent par les fenêtres.

— Ça dépend lesquels. J'en connais qui savent la valeur des choses et qui refuseraient de dépenser une fortune chez les couturiers.

— Vous pensez à Fenton, sans doute, dit Mavis d'un ton aigre.

— Exactement.

— Votre neveu se débrouille très bien, je vous

116

l'accorde, pour éviter d'entamer votre patrimoine, mais de là à rationner sa femme...

Mavis mettait l'accent sur une question qui avait souvent tracassé Linda. Fenton empêchait-il Althea de toucher à la fortune des Berenson pour pouvoir mieux en profiter lui-même et en faire profiter Mavis? Mlle MacBride semblait tellement sûre de devenir Mme Fenton Harkness un jour qu'elle ne se souciait même plus de cultiver l'amitié d'Althea.

– Qu'est-ce qui t'arrive, ma chérie? On ne t'entend plus.

– Je pensais au Raphaël, répondit Linda en se forçant à sourire.

– Si tout va bien, il sera bientôt à moi, dit Althea avec une joie enfantine. J'espère que Fenton acceptera l'estimation du Pr Bresciani.

La seule idée que Fenton puisse empêcher sa tante de réaliser son rêve révolta Linda.

– Bien sûr qu'il acceptera. C'est votre argent! Si vous restez ferme, il sera bien obligé de payer le prix demandé!

– Tu as raison. C'est le moment d'être ferme. Quel que soit son prix, je veux ce tableau! Rien n'est trop cher pour honorer la mémoire d'Anatole.

– A mon avis c'est de la folie de dépenser des millions pour une peinture, remarqua Mavis. Il vaut mieux acheter des bijoux.

Althea fit semblant de ne pas entendre et déclara qu'elle demanderait à Amerigo de préparer la voiture pour le lendemain matin 10 h.

– Et nous irons toutes les trois chez Signorelli, décida-t-elle.

Mavis fut de mauvaise humeur pendant tout le trajet. Elle avait horreur de sortir si tôt, même pour faire des achats. Linda était rêveuse. Pour la première fois, et la dernière fois sans doute, elle allait pénétrer dans le monde de la haute couture.

Via Condotti, la façade de marbre noir de Signorelli n'offrait aux regards qu'une vitrine minuscule, où était exposée une longue paire de gants blancs. Le portier en livrée noir et or avait la prestance d'un général. Il s'inclina légèrement devant Althea en faisant mine de ne pas voir ses deux jeunes compagnes.

Murs de marbre, épais tapis blancs... même dans ses rêves les plus fous, jamais Linda n'avait imaginé tant de raffinement. Des mannequins filiformes descendaient avec grâce un escalier doré. Leurs robes étaient de pures œuvres d'art.

Une femme d'une laideur fascinante vint à leur rencontre. Elle portait un fourreau noir très sobre et un unique bijou : une perle attachée autour du cou par une chaîne d'or. Sa bouche carmin ressortait curieusement dans son visage très blanc, et ses cheveux noirs, tirés en arrière, découvraient un front haut et étroit.

Son regard méprisant s'attarda à peine sur Linda avant de s'adoucir un peu en examinant Mavis et de s'éclairer en notant l'élégance du tailleur de soie noire d'Althea et son air d'autorité tranquille.

– *Buon giorno, signora.* Puis-je vous aider ?

Elles furent bientôt assises devant une tasse de café dans un salon particulier où vinrent parader une demi-douzaine de mannequins.

Althea eut vite fait de faire son choix.

– Je prends la verte. J'aime beaucoup le crêpe.

Mavis par contre fut beaucoup plus difficile à satisfaire. Les mannequins étaient sur le point de tomber de fatigue quand elle se décida enfin pour un modèle dont la couleur gris-bleu lui allait à merveille.

Linda eut encore plus de mal à prendre une décision. Elle avait écarté bon nombre de robes et hésitait entre deux modèles : un ensemble beige, mi-long, très simple, et une toilette de bal en satin doré, avec un magnifique drapé qui retombait avec grâce jusqu'à terre.

– Je suis désolée, s'excusa-t-elle. Je ne sais pas.

– Prends la dorée, conseilla Althea. Elle te va à ravir. Tu as l'air d'un papillon.

– Vous croyez? J'ai peur qu'elle soit trop voyante. Je devrais plutôt choisir l'autre. J'aurais plus souvent l'occasion de la porter.

Mais elle était tombée amoureuse de ce satin doré. Après tout, c'était une occasion unique. Elle décida de s'offrir cette folie.

– Je la prends.

Les retouches furent terminées à 13 h, juste avant la fermeture. Linda essaya d'imaginer le désarroi des Américains s'ils trouvaient leurs magasins fermés de 13 h à 16 h, pour une de ces siestes quotidiennes que s'accordent les Italiens. A chacun sa façon de vivre, pensa-t-elle.

Heureusement, les restaurants restaient ouverts. Althea invita les deux jeunes filles dans un célèbre *ristorante* de la piazza Augusto Imperatore, où on leur servit des *fettucini* dans de la vaisselle d'or. Elles visitèrent ensuite quelques galeries d'art de la via Margutta. Mavis ne tarda pas à trouver cela ennuyeux et les quitta en leur donnant rendez-vous à la voiture. Pendant le voyage de retour, elle leur parla longuement d'une bague d'émeraude et de diamant qu'elle avait admirée chez un joaillier.

– Il me la faut! Si papa ne veut pas me l'offrir, je demanderai à mon oncle Ted. Mon anniversaire est dans six mois, mais il n'a jamais rien pu me refuser.

– Tu n'as pas honte? ne put s'empêcher de dire Althea. Ta grand-mère serait sûrement choquée si elle apprenait que tu fais les yeux doux aux hommes pour avoir des bijoux!

Mavis éclata de rire.

– Peu m'importe comment je m'y prends. Quand

je veux quelque chose, je l'obtiens toujours. J'ai même réussi à circonvenir ma grand-mère pour qu'elle me donne de l'argent. Mon attitude la choquerait peut-être, comme vous dites, mais elle ne la surprendrait pas.

Trois jours plus tard, Linda était sur le balcon quand la Mercedes s'engagea dans l'allée de la villa. Fenton était de retour! Elle chercha à s'esquiver, mais déjà il lui faisait de grands signes en souriant. Linda s'émerveilla de lui voir l'air si heureux de revenir, de la retrouver. La maison lui avait paru incroyablement vide depuis son départ, mais elle n'aurait jamais imaginé qu'il pût en être de même pour lui.

Elle passa rapidement un corsage blanc, mit un peu de rouge à lèvres, arrangea ses cheveux du mieux qu'elle put, et descendit.

Au milieu de l'escalier, elle se figea soudain. A quelques mètres d'elle, Mavis enlaçait tendrement Fenton.

– Je t'ai manqué, chéri?

Il sembla soudain deviner la présence de Linda.

– Tiens! Comment va notre artiste?

– Bonjour, murmura-t-elle, malade de dépit, avant de courir s'enfermer dans sa chambre.

La porte à peine fermée, elle lutta contre une folle envie de pleurer. La gorge nouée, elle essuya rageusement ses premières larmes d'un revers de la main, mais d'autres leur succédèrent, inondant ses joues. Se jetant sur le lit, elle se mit à sangloter sans pouvoir s'arrêter.

Le lendemain matin, ils étaient tous en train de prendre le café quand Maria leur apporta les invitations de la comtesse sur un plateau d'argent.

– Ça vient du château, dit-elle en esquissant une révérence.

Linda ouvrit l'enveloppe qui lui était adressée et en sortit un carton gravé aux armes des di Grazia : un casque romain surmontant deux épées entre-croisées, le tout entouré de la devise de la famille. « La contessa Francesca di Grazia vous prie de lui faire l'honneur... »

Fenton repoussa son invitation sans même y jeter un coup d'œil. Sentant peser sur lui le regard de Linda, il sourit d'un air moqueur.

– Vous vous attendiez peut-être à ce que je saute de joie ?

– Pas du tout. Je n'ai pas sauté de joie moi non plus, mais je suis contente. Surtout quand je pense aux raisons de cette petite fête.

– Vous voulez parler de cette cérémonie d'adieux où ils vont se débarrasser de leur tableau ?

– Se débarrasser ? Votre tante est sur le point d'acquérir un trésor !

– Si trésor il y a ! Il peut très bien s'agir d'une escroquerie, vous savez.

– Vous ne faites pas confiance au professeur Bresciani ?

– Il n'y a pas que l'authenticité du tableau qui compte. Le prix a également son importance. Je n'ai pas l'intention de me retrouver sur la paille, serait-ce pour *la Joconde*.

– J'ai mon mot à dire là-dessus, intervint Althea d'une voix ferme. C'est toi qui gère mes affaires, Fenton, c'est entendu. Mais si tu te mets en travers de mon chemin, nos relations risquent d'en souffrir. Cette toile compte trop pour moi. Je suis prête à aller devant les tribunaux s'il le faut.

Interloqué, Fenton la dévisagea en silence, puis se tourna vers Linda, bouillant de rage. Il la tenait apparemment pour responsable de la révolte de sa tante. Elle soutint son regard sans fléchir.

Le plus poliment du monde, Fenton s'excusa et

sortit de table. Mavis le rattrapa et tenta de lui prendre le bras.

– J'ai du travail, dit-il en la repoussant.

Peu après, Linda monta dans sa chambre. Elle s'apprêtait à enfiler sa blouse de peintre quand un coup violent retentit à la porte. Quelques secondes plus tard, Fenton faisait irruption dans la pièce, plus arrogant que jamais.

– Félicitations! Vous avez fait du bon travail! Ma tante a complètement changé depuis que vous travaillez pour elle. Autrefois elle acceptait mes décisions sans discuter. Elle savait parfaitement que je ne voulais que son bien. Maintenant elle me défie. Encore une fois toutes mes félicitations, et bravo à di Grazia de s'être trouvé une alliée aussi efficace!

– De quoi m'accusez-vous?

Exaspéré, il l'empoigna par les épaules et la secoua comme s'il voulait lui faire cracher la vérité.

– Vous feriez n'importe quoi pour lui, c'est ça?

Ses mains la broyaient.

– Laissez-moi!

– Je vous lâcherai lorsque vous m'aurez avoué ce que vous manigancez. Vous cherchez à ruiner ma tante, n'est-ce pas? Pour aider di Grazia à redorer son blason, c'est cela? Avouez-le!

– Je n'avouerai rien du tout, parce que c'est faux! C'est dans l'intérêt d'Althea que je veux qu'elle achète ce tableau.

– Vous aurez du mal à me persuader que le fait que di Grazia empoche au passage quelques millions de dollars n'a aucune importance pour vous.

– Il n'empoche rien du tout. Il se voit contraint de se séparer d'un de ses biens les plus chers et cela lui brise le cœur.

– Le pauvre! Dommage qu'il ne croie pas aux

vertus du travail! Ça lui éviterait bien des déboires.

– Ça ne regarde que lui!

– Et vous aussi d'après ce que j'ai compris! Je connais ce genre d'homme : tant qu'il aura de l'argent, il le dépensera. Mais après? Que fera-t-il quand il ne lui restera plus rien à vendre? Libre à vous de confier votre destin à un aristocrate décadent et paresseux...

– Je n'en supporterai pas davantage! Laissez-moi ou je...

Elle s'apprêtait à lui décocher un magistral coup de pied, mais elle n'en eut pas le temps. Changeant subitement d'attitude, il la relâcha.

– Excusez-moi. Vous avez raison, je n'ai pas le droit de vous dire des choses pareilles. Je comprends très bien que vous le défendiez, comme vous le faites, étant donné ce que vous éprouvez pour lui...

Ne voulant pas le détromper de peur de lui laisser deviner ses véritables sentiments, elle répugnait pourtant à lui mentir et répondit très prudemment.

– J'aime beaucoup Guido, mais pour rien au monde je n'accepterais de mentir ou de tromper qui que ce soit pour lui.

La tristesse que reflétèrent un instant les yeux de Fenton lui alla droit au cœur. Sa bouche semblait avide de caresses et Linda se demanda si les baisers de Mavis suffisaient à satisfaire son besoin de tendresse.

– Fenton...

– Oui? dit-il en faisant un pas vers elle, un sourire rêveur sur les lèvres.

Linda aurait aimé le serrer dans ses bras, partager avec lui cet amour qu'elle sentait monter en elle... Elle se raidit, et l'arrêta d'un geste.

– Tout se passera bien, j'en suis sûre. Le tableau

sera certainement estimé à sa juste valeur. Je voulais vous dire aussi que j'apprécie l'intérêt que vous
me portez. C'est gentil de vous préoccuper de mon
avenir.

– Je vous en prie, dit-il avec un sourire crispé.
C'est normal, vous faites partie du personnel de ma
maison. Vous pourriez faire pire que d'épouser di
Grazia. Même sans travailler, il arrivera toujours à
se débrouiller. *Ciao.*

La porte se referma sur lui. « Pourquoi n'ai-je pas
parlé ? se demanda Linda. Il m'aurait peut-être prise
dans ses bras, et j'aurais senti la douceur de ses
lèvres sur les miennes. »

Non, c'était mieux comme ça. Une seule chose
intéressait Fenton : savoir ce que cachait sa prétendue innocence, comme il disait. Le mystère élucidé,
il ne garderait d'elle que le souvenir d'une petite
jeune fille aux boucles folles qui avait été la demoiselle de compagnie de sa tante. Refoulant ses larmes, elle sortit sur le balcon. La vue du château
chassa ses idées noires.

Elle attendait cette fête avec la même impatience
que Noël, quand elle était petite. Pour une raison
mystérieuse, elle était persuadée que la soirée allait
être merveilleuse. Sans doute se faisait-elle encore
des illusions ? Ce château n'était qu'une ruine. Un
anachronisme.

Elle avait pourtant le sentiment que Guido et sa
mère feraient des miracles. Cette nuit-là, les murs
de la vieille demeure reviendraient à la vie pour
déployer une dernière fois aux yeux de tous leurs
splendeurs fastueuses d'un autre âge.

Elle se reconnaissait bien là ! Toujours à rêver de
contes de fées, de belles au bois dormant et de
princes charmants... Après tout, rien ne l'empêchait
d'y croire... jusqu'à la fête.

10

Le soir du bal arriva. Avec sa robe, Linda se sentait comme le papillon auquel Althea l'avait comparée. Elle avait l'impression de flotter dans le drapé gracieux du satin qui retombait en plis soyeux autour d'elle. Le médaillon de topaze qu'elle avait hérité de sa famille ajoutait une dernière touche d'élégance à sa toilette.

– Que diriez-vous d'une coiffure tout en boucles? avait proposé Maria. C'est la mode en ce moment.

Sous ses doigts habiles, les mèches folles s'étaient assagies comme par miracle.

– Merci, Maria. J'aimerais moi aussi faire quelque chose pour vous.

– C'est déjà fait, signorina. Vous êtes devenue mon amie.

– Alors, appelez-moi Linda, au moins! dit-elle en l'étreignant.

Une fois seule, Linda étudia son reflet dans le miroir. Sa coiffure, la touche d'ombre à paupières ocre que Maria avait décrétée indispensable et le rouge à lèvres corail suffisaient à la rendre méconnaissable. Elle n'avait toujours rien d'une beauté fatale, mais ne put s'empêcher de souhaiter être, pour un soir seulement, aussi fascinante que Mavis. Allons, se dit-elle, je n'ai jamais été plus à mon avantage, et voilà que je gâche tout en fronçant les sourcils! Elle prit un air radieux et descendit.

Dans la vieille limousine qui les conduisait au château, Linda demeurait silencieuse, les doigts croisés sur ses genoux. Elle espérait que Fenton parviendrait à mettre sa méfiance de côté jusqu'à minuit, heure à laquelle le souper devait être servi et où le Pr Bresciani devait procéder à l'expertise. Elle n'avait plus le moindre doute sur l'honnêteté de Guido, mais il avait pu se passer quelque chose dans l'histoire du tableau qu'il ignorait totalement. Un ancêtre avait pu vendre l'original pour lui substituer une copie, par exemple.

Amerigo monopolisait la conversation.

— Ça va être une fête du tonnerre, dit-il en négociant les virages avec désinvolture. Remarquez, le comte di Grazia peut se le permettre, s'il vend le Raphaël. Heureusement que les Américains sont pleins de sous!

Il éclata de rire. Linda aurait aimé lui enfoncer son coude dans les côtes en lui intimant l'ordre de se taire.

La voiture franchit une arche de pierre et pénétra dans une cour pavée. Amerigo redevint soudain un chauffeur stylé et ouvrit la portière avec une raideur compassée, pendant que Fenton aidait les dames à sortir.

Le majordome qui les précéda dans le vestibule portait sa livrée élimée avec une fierté touchante. Tout recroquevillé par l'âge, il n'était guère plus grand qu'un enfant et on lui donnait sans hésiter ses quatre-vingt-dix ans. Il les guida vers une pièce immense où Guido les attendait aux côtés d'une femme mince à la chevelure de jais, d'une suprême élégance.

— Ma mère, la contessa Francesca di Grazia, dit-il, la présentant d'abord à Althea, puis à Mavis et à Linda.

126

Il était très distingué dans son smoking et avait beaucoup d'allure.

A sa grande surprise, Linda constata que Francesca di Grazia était de petite taille. Son port majestueux faisait illusion. C'était une femme hors du commun et l'on comprenait en la voyant que Guido se fasse un devoir de préserver autour d'elle le décor somptueux du château familial.

– Ainsi, c'est vous la jeune Américaine dont mon fils me parle si souvent, dit-elle dans un anglais où subsistait une légère trace d'accent. Je suis heureuse de vous accueillir, signorina. Vous vous plaisez en Italie?

– Ma présence dans votre beau pays relève du miracle et j'apprécie d'autant plus mon séjour ici, répondit Linda.

Les manières irréprochables de Fenton ne laissaient rien paraître de ce qu'il pensait des aristocrates déchus quand il s'inclina devant la comtesse et serra la main de Guido.

– J'aimerais vous consacrer ma soirée, *cara*, expliqua ce dernier à Linda, mais je dois m'acquitter de mes devoirs envers mes hôtes. Je suis sûr que Fenton s'occupera très bien de vous.

Fenton hocha la tête et murmura poliment qu'il s'en ferait une joie. A peine entrée dans la salle de bal, Mavis insista pour s'exhiber sans plus attendre.

– Allons danser, chéri. Je suis tellement impatiente de montrer ma jolie robe.

Althea et Linda s'installèrent dans des fauteuils à l'écart de la piste et se mirent à détailler en silence le décor qui les entourait. La salle était magnifique. Des bannières pendaient du plafond, peint par un maître du Moyen Age. Il y avait des fleurs partout et suffisamment de chaises dorées pour deux cents personnes. Un orchestre jouait sur une estrade, et des serviteurs portant la livrée bleue et écarlate des di Grazia circulaient parmi les invités en offrant sur un plateau d'argent champagne et canapés.

– As-tu jamais vu des gens aussi étonnants? demanda Althea, une coupe de champagne à la main. Certains d'entre eux ont l'air de sortir tout droit d'un livre d'histoire.

Linda acquiesça, tout en remarquant que quelques membres du jet-set international s'étaient glissés dans cette foule d'un autre âge.

– Tu as raison. D'ailleurs, Mavis a rencontré une connaissance.

Elle échangeait en effet des civilités enthousiastes avec un grand jeune homme blond. Celui-ci la présenta à la jeune fille brune qui dansait avec lui et, entraînant Mavis sur la piste, laissa Fenton avec sa cavalière.

Fenton invita la petite brune à contrecœur avant de rejoindre sa tante et Linda dès la fin du morceau.

– Alors, vous vous amusez bien? demanda-t-il en s'emparant d'une coupe de champagne sur un plateau.

– Mavis a fait une conquête, à ce que je vois, répondit Althea. Je suis triste pour sa petite cavalière qui se retrouve toute seule.

– Ne t'en fais pas. Mavis est tombée sur Nels Angren, de San Francisco. Tu sais, l'armateur. Quand elle aura fini de jouer, elle le laissera tomber. Elle est comme ça...

– Oui, je sais. Elle a cette réputation... entre autres.

– Tu me surprends, chère petite tante. C'est pourtant toi qui m'as appris qu'il valait mieux se taire plutôt que de dire du mal des autres. *Cameriere!* lança-t-il en se retournant.

Le garçon s'arrêta près d'eux et Fenton prit une autre coupe. Linda en accepta elle aussi une deuxième. Elle comprenait que Guido soit obligé de s'occuper de ses invités, mais elle commençait à se sentir plutôt délaissée.

Fenton l'invita à danser. Il voulait sans doute prouver à Mavis que son attitude désinvolte le laissait indifférent. Qu'importe, pensa Linda en se levant. C'était toujours mieux que de faire tapisserie.

La musique était douce et il la conduisait avec autorité, la tenant si près qu'elle pouvait suivre ses pas sans difficulté.

– C'est un endroit incroyable, observa-t-il. Je dois admettre que je ne m'attendais pas à ça.

– Et moi, j'étais à mille lieues d'imaginer que j'entrerais un jour dans un château!

Grisée par le champagne et la fête, elle continua son bavardage.

– La contessa a vraiment l'air d'une grande dame, vous ne trouvez pas? Et puis, elle est d'une gentillesse!

Fenton la serra un peu plus fort.

– Oublions la contessa, murmura-t-il d'une voix chaude. Il y a ici une jeune Américaine qui pourrait en remontrer en beauté et en élégance à bien des femmes dans cette salle.

– Oui, c'est vrai, dit Linda en cherchant Mavis des yeux.

– Ce n'est pas d'elle que je parle, mais de vous.

Est-ce qu'il se moquait d'elle, de sa robe de soirée, de sa nouvelle coiffure? Le maquillage qu'elle avait pourtant pris soin d'appliquer discrètement lui paraissait peut-être outré?

Elle releva la tête. Au fond de ses yeux, il n'y avait que chaleur et tendresse. Etait-ce la musique ou la magie de cette soirée? Son cœur se mit à battre à une cadence bien plus rapide que le rythme paresseux de l'orchestre. Comme elle l'avait rêvé, le conte de fées se réalisait. Ce soir, elle était Cendrillon.

– Quel flatteur vous faites, cher monsieur! s'exclama-t-elle, osant pour la première fois flirter avec lui.

– On devrait danser ensemble plus souvent. C'est apparemment le seul moment où nous nous entendons.

– Ce château doit être enchanté. La musique ne va jamais s'arrêter, et nous virevolterons ensemble pour l'éternité.

– Rien ne me ferait plus plaisir, dit-il d'une voix voilée.

Au même moment, l'orchestre se tut. Fenton la conduisit hors de la piste et prit deux coupes sur un plateau.

– Je ne devrais pas, dit Linda. C'est la troisième.

– Ça ne vous fera pas de mal, dit-il en levant son verre. A une soirée inoubliable!

– Je sais que moi, en tout cas, je ne l'oublierai jamais.

Elle but une gorgée. Comme elle l'avait craint, c'était un peu trop pour elle. Elle éclata d'un rire retentissant et se lança dans un babillage qui ne lui ressemblait pas.

– N'est-ce pas que ce château est fabuleux? Je ne vois pas pourquoi il faut le réparer. Où peut bien se cacher le Pr Bresciani? Vous l'avez vu? demanda-t-elle à tue-tête.

Au bord de la piste, deux vieilles dames levèrent leurs faces-à-main.

– Les di Grazia ont invité n'importe qui. J'espère que cette chère contessa n'aura pas de scandale avant la fin de la soirée, dit l'une d'elles.

Fenton prit fermement Linda par le bras.

– Venez. Vous avez besoin d'air.

– Je suis désolée. Je savais bien que j'aurais dû refuser cette troisième coupe de champagne.

– Ne vous tracassez pas pour ces vieilles harpies.

Elles regardent de haut une brave fille qui parle un peu fort, mais pensent le plus grand bien d'un homme qui préfère vendre ce qu'il a plutôt que de chercher du travail.

Nous y revoilà, pensa-t-elle. Elle n'avait plus du tout envie de sortir maintenant.

– Mavis ne danse plus. Elle est là-bas, avec Althea. Elle doit vous chercher... et Guido va se demander où je suis passée.

– Ne pourriez-vous oublier Guido pendant un instant? demanda-t-il en la poussant vers une porte.

L'air frais lui éclaircit les idées.

– Je pourrais, à condition que vous oubliiez un peu Mavis.

– C'est déjà fait, sinon je ne serais pas ici avec vous. Allons nous promener.

Ils suivirent un sentier sinueux.

– Regardez la lune! dit Linda. On dirait une grosse balle d'argent.

– D'une certaine façon, cela me gêne de penser que des hommes ont marché là-haut et y ont laissé leurs détritus.

Surprise par un romantisme qu'elle ne lui connaissait pas, Linda glissa sa main sous son bras. La lune adoucissait ses traits où se lisait une mélancolie qu'elle avait déjà remarquée une nuit, de son balcon. Ils s'assirent en silence sur un banc de marbre. Un oiseau fit entendre quelques trilles et se tut.

– Vous disiez tout à l'heure que pour nous la musique ne s'arrêterait jamais. Hélas! elle s'arrête toujours... même les oiseaux interrompent leur sérénade.

– Peut-être s'est-il arrêté pour faire l'amour à sa compagne?

– C'est une pensée très belle et qui m'inspire énormément. Oh! Linda, je n'ai pas le droit de faire ça mais...

Il l'étreignit farouchement, pressant ses jeunes seins contre les muscles tendus de sa poitrine.

Elle savait qu'elle aurait dû s'écarter, mais elle en était incapable. Haletante, elle renversa la tête en arrière, offrant sa gorge à ses lèvres brûlantes.

La bouche de Fenton descendit vers le creux de ses seins et s'égara plus avant. Linda avait abandonné toute résistance. Cet instant était trop beau, trop merveilleux pour ne pas avoir été voulu par le destin.

— Fenton... chuchota-t-elle en lui caressant la nuque.

— Il y a un kiosque de l'autre côté du jardin, murmura-t-il, tout contre ses lèvres. Si on allait l'explorer?

Elle avait déjà remarqué le charme bizarre de cette petite construction ensevelie sous les feuillages. C'est donc là que cela allait se passer, pensa-t-elle en riant doucement. C'est dans le parc d'un vieux château qu'elle allait tourner le dos à l'enfance pour devenir une femme.

Ils avaient à peine fait quelques pas que des hauts talons claquèrent sur l'allée cimentée derrière eux.

— Ah! Vous voilà! s'écria Mavis. Je suis désolée de t'avoir abandonné, Fenton chéri, mais nous sommes de très vieux amis, Nels et moi, et nous avions tellement de choses à nous raconter! Cette pathétique petite chose qui l'accompagnait a finalement réussi à l'entraîner Dieu sait où!

Les traits durcis, Fenton la regardait en silence.

— Tu es fâché, chéri? Pardonne-moi, je t'en prie. Je te promets de ne plus recommencer.

Pourquoi restait-il muet? En voulait-il à Mavis d'avoir flirté avec un autre? S'était-il servi d'elle, Linda, pour lui jouer la comédie et lui donner une leçon?

Non. Linda n'arrivait pas à y croire. Il était

impossible de simuler tant de tendresse, tant de passion. Fenton ouvrait enfin la bouche pour répondre quand un serviteur fit irruption.

– Signor Harkness, le comte di Grazia vous demande. Le Pr Bresciani vient d'arriver.

Dans le grand salon, un homme mince, barbu, attirait tous les regards. Guido fit les présentations.

– Fenton, laissez-moi vous présenter le professor Bresciani. Professor, M. Fenton Harkness, dont la tante souhaite acheter *la Reine des Cieux*.

Les deux hommes se serrèrent la main, puis Guido interpella les convives.

– Et maintenant, vous êtes tous invités à nous suivre dans le salon où depuis quatre cents ans est accroché le chef-d'œuvre de Raphaël.

Mavis prit le bras de Fenton, et Linda serait restée en arrière si Althea ne l'avait pas entraînée en plaisantant.

– Il faudra peut-être que tu me soutiennes. Je suis tellement énervée que j'en tremble.

Ils parcoururent un long couloir, évitant par endroits des morceaux de plâtre qui avaient dû tomber du plafond.

– Je suis vraiment navrée, s'excusa la comtesse. Cela a dû arriver depuis que les domestiques ont nettoyé.

Guido ouvrit enfin la porte d'une grande salle aux murs couverts de tableaux. Dans son cadre doré, une madone, tendrement penchée sur l'enfant qu'elle tenait dans ses bras, attirait immédiatement l'attention.

Le professeur se campa à quelques centimètres de la toile. Il l'étudia longuement, immobile, respirant à peine. Puis il sortit de sa poche une petite lampe dont il se servit pour examiner le tableau sous tous ses angles.

– Félicitations, comte di Grazia, dit-il enfin. Vous êtes possesseur d'un très beau Raphaël. Une toile de la meilleure époque du maître.

– Merci, mon Dieu, murmura Francesca. Je dois dire que j'ai eu peur. On ne sait jamais ce qui a pu arriver dans le passé.

Des larmes de joie plein les yeux, Althea serra le bras de Linda.

– Je suis tellement heureuse pour vous, dit celle-ci. Et pour les di Grazia aussi.

Elle regardait Fenton. Le tableau lui-même ne semblait plus l'intéresser. Il ne pensait plus qu'à sa valeur marchande.

– Merci, professeur. Je suppose que vous ferez votre estimation dans les jours qui viennent.

– J'aimerais consulter quelques collègues pour être sûr de ne léser aucune des parties intéressées, dit-il dans un anglais irréprochable.

Bientôt toute l'assemblée gagna la salle des banquets où était dressé le buffet. Le champagne coulait à flots.

Mavis et Fenton ne se quittaient plus. « Il ne peut pas l'abandonner tout d'un coup », se dit Linda pour se rassurer. En souriant, elle essaya de croiser son regard. Tout occupé à boire avec Mavis, il ne la remarqua pas.

La foule se faisait moins dense peu à peu et bientôt les pensionnaires de la villa durent prendre congé. Linda s'attarda sur le seuil. Elle voulait rester seule un instant avec Guido pour le féliciter et lui dire toute sa joie.

– Je suis tellement heureuse pour vous! Maintenant vous allez pouvoir vous occuper de restaurer votre château.

– Oui, mais il y a eu beaucoup de dégâts ces derniers jours. Cela coûtera plus cher que prévu et je vais me retrouver sans un sou comme d'habitude!

134

Il parlait d'un ton léger comme si cela n'avait pas grande importance. Linda se décida enfin à lui dire ce qu'elle avait sur le cœur.

– Vous devriez travailler, Guido. Vraiment. On n'a pas le droit de gâcher sa vie à ne rien faire. Qu'est-ce que vous allez vendre après ça? L'argenterie? Les tapisseries?

– Mais *cara*, je suis incapable de faire quoi que ce soit. Nous en avons déjà parlé.

– Ridicule! Vous êtes jeune, valide et vous n'êtes pas bête. Vous pourriez gagner votre vie si vous vouliez.

Il l'accompagna jusqu'au porche. Fenton était debout près de la limousine, pendant qu'Amerigo laissait tourner le moteur.

– Pensez à ce que je vous ai dit, Guido, dit-elle en posant affectueusement la main sur son bras.

Il en profita pour l'attirer à lui, et lui plaquer un baiser enflammé sur les lèvres. Surprise, elle se libéra et courut se réfugier dans la voiture.

– Désolée de vous avoir fait attendre, s'excusat-elle auprès de Fenton avec un sourire qui, elle l'espérait, lui rappellerait l'épisode du jardin.

– Ce n'est rien, répondit-il d'un ton neutre qui la laissa perplexe.

De retour à la villa, Linda aurait aimé échanger quelques mots avec Fenton, mais devinant qu'Althea avait besoin d'elle, elle l'accompagna dans sa chambre.

– Quand cette petite brune a réussi à arracher Nels Angren à la fête, Mavis s'est mise à la recherche de Fenton, dit Althea. Je lui ai appris que vous étiez dans le jardin avec lui et cela l'a rendue folle!

– Ça vous a fait plaisir de pouvoir lui dire ça, n'est-ce pas?

– Enormément.

Elles éclatèrent de rire. Sur le point de tout

raconter à son amie, Linda n'en fit rien cependant. Il s'était montré si froid dans la voiture. Elle ne voulait pas décevoir Althea en parlant trop prématurément.

— Je ferais mieux de vous souhaiter bonne nuit maintenant. Dormez bien, dit-elle en lui déposant un baiser sur le front.

— Toi aussi, ma chérie. Je vais rêver de mon Raphaël et j'espère que toi aussi tu feras de beaux rêves, ajouta-t-elle d'un air malicieux.

Persuadée que Fenton viendrait lui rendre visite, Linda se hâta vers sa chambre et, enlevant sa robe de bal, elle enfila un adorable déshabillé jaune pâle, froncé au cou et aux poignets.

Une heure durant, elle attendit dans son petit salon, remettant de temps en temps un peu de poudre sur ses joues en feu et arrangeant sa coiffure. Mais personne ne vint frapper à sa porte.

J'ai donné mon cœur à un homme imprévisible. Bonne nuit, Fenton chéri, murmura-t-elle en se laissant glisser dans un doux sommeil.

11

Linda se réveilla au son des cloches. Les domestiques allaient à la messe le dimanche et le petit déjeuner était servi plus tard, ce qui lui convenait parfaitement car elle se sentait quelque peu barbouillée. Trop de champagne, sans doute!

Elle s'était déjà douchée et habillée quand Maria entra. Jamais la petite bonne n'avait eu les yeux si brillants ni les joues si roses.

– *Buon giorno*, signorina, dit-elle en posant son plateau. Amerigo m'a accompagnée à la messe ce matin! C'est la première fois! Je crois qu'il est enfin décidé à être sérieux.

– Je suis tellement contente pour vous, Maria, dit Linda avec un sourire radieux.

Elle toucha à peine à son petit déjeuner. Troublée, elle repensait à l'étrange et soudaine réserve de Fenton la veille au soir. Lui qui quelques instants plus tôt avait été sur le point de lui faire l'amour...

Elle décida de passer la journée dans ses appartements et, quand Maria revint prendre le plateau, elle lui demanda de transmettre un message à Althea.

– Dites-lui que je ne me sens pas très bien. Les lendemains de fête, sans doute.

Elle s'assit près de la fenêtre, un livre à la main, espérant à tout instant voir apparaître Fenton. Il viendrait sûrement en apprenant qu'elle était souffrante.

Mais non. Seule Althea vint lui rendre visite.

– Excuse-moi de te déranger mais je commence à me faire du souci! Je vais appeler un médecin.

– Non, ça ira mieux demain.

Le lendemain, en effet, elle se sentait mieux, mais son moral était au plus bas. Elle descendit pourtant rejoindre Althea dans le jardin et passa la matinée à peindre. Peu avant midi, Fenton apparut sur la terrasse.

– Nous allons déjeuner à Rome, Mavis et moi, cria-t-il à sa tante. A tout à l'heure!

Il salua Linda d'un signe de tête et disparut. Althea semblait un peu triste, mais elle garda un silence discret.

Le couple revint au milieu de l'après-midi. De la bibliothèque où elle se trouvait, Linda entendit Fenton se diriger vers son bureau tandis que Mavis montait dans sa chambre. Linda attendit quelques instants avant de se décider à gravir les escaliers à son tour, espérant que le roman qu'elle avait choisi parviendrait à la divertir de ses sombres pensées.

Mavis la héla du bout du couloir.

– Venez voir! J'ai quelque chose à vous montrer. Venez!

Jamais elle n'avait paru aussi amicale.

– Savez-vous garder un secret? chuchota-t-elle en la faisant entrer dans ses appartements.

– Je suis la discrétion même, répondit Linda, sur ses gardes.

– Alors je suis sûre que vous pourrez garder celui-là. Il ne faut rien dire à Althea. Fenton ne veut pas qu'elle sache.

– Qu'est-ce que vous ne voulez pas qu'elle sache?

– Que nous sommes fiancés!

Pour la première fois de sa vie, Linda crut qu'elle

allait s'évanouir. Elle réussit pourtant à se ressaisir.

– Tous mes vœux de bonheur, articula-t-elle avec peine.

Elle aurait quitté la pièce sur-le-champ si Mavis ne l'avait pas retenue.

– Je ne vous ai pas encore montré la bague.

Elle sortit un écrin du tiroir d'une commode et Linda put admirer le bijou d'émeraude et de diamant qui avait dû coûter une fortune.

– Emeraude et diamant, dit-elle, pensive. Ça me rappelle cette bague que vous avez vue à Rome il y a quelques jours.

– C'est celle-là même. Fenton voulait m'acheter le traditionnel solitaire, mais j'étais tellement folle de celle-ci qu'il s'est finalement laissé convaincre. J'ai promis de ne rien révéler à personne jusqu'à ce que ce soit officiel, expliqua-t-elle en glissant le bijou à l'annulaire de sa main droite. Surtout ne dites pas à Fenton que je vous ai parlé de nos fiançailles, répéta-t-elle avec inquiétude. Il ne veut pas qu'Althea le sache. Pas encore. Je n'ai pas été particulièrement gentille ces temps-ci, mais si pendant quelque temps je fais amende honorable, elle sera ravie que j'épouse son neveu.

Jamais! pensa Linda en se dirigeant vers la porte. Mavis la retint encore un peu.

– Autre chose. Puisque nous allons bientôt nous marier, Althea n'a plus vraiment besoin d'une demoiselle de compagnie. Pourquoi ne rentrez-vous pas à San Francisco?

Quel toupet! Non contente de la supplanter dans le cœur de l'homme qu'elle aimait, Mavis voulait encore lui enlever son gagne-pain!

– Je partirai à la fin de mon contrat, pas avant, répondit-elle fermement.

Mavis fronça les sourcils, mais n'ajouta rien.

Elle se doutait du penchant que Fenton éprouvait pour elle et avait peur que cela ne dégénère.

Elle n'a aucun souci à se faire, pensa Linda. Je n'ai pas l'intention de me contenter des miettes d'une autre femme.

En regardant la situation en face, Linda dut pourtant admettre qu'elle n'aurait jamais la force de rester un an à la villa dans ces circonstances. Elle serait incapable de cacher sa douleur, surtout après l'annonce officielle des fiançailles. Fenton savait bien que l'autre soir elle avait été toute prête à se donner à lui dans les jardins du château. Il savait aussi qu'elle n'était pas du genre à se donner sans amour. En déduirait-il qu'il pourrait profiter d'elle, tout en étant lié à une autre femme?

Il faut que je m'en aille, décida-t-elle, se donnant jusqu'au lendemain pour se remettre de ses émotions.

Ce soir-là, Fenton se fit porter à dîner dans son cabinet de travail comme il le faisait parfois pour ne pas perdre de temps. Autour de la table, les trois femmes prirent leur repas dans un silence pesant, avant de se retirer pour la nuit tout de suite après.

Le lendemain matin, sa tasse de café avalée, Linda s'installa à sa table pour écrire la lettre de démission qu'elle comptait déposer sur le bureau de Fenton. Elle descendit ensuite annoncer à Althea sa décision de rentrer aux Etats-Unis.

Elle la trouva assise, immobile, les bras croisés.

– Vous ne peignez pas aujourd'hui?

– Je me fais trop de souci pour toi pour avoir envie de sortir mes pinceaux. Je sais que tu es malheureuse, ma chérie. Pourquoi ne me racontes-tu pas ce que tu as sur le cœur?

– Tout va très bien. Mais... mais... Je... je n'aime pas l'Europe autant que je le croyais. En fait, j'ai le mal du pays. Si vous vouliez bien me libérer de mon engagement, je rentrerais à San Francisco immédiatement.

– Je suis désolée que les choses se soient passées comme cela, dit Althea en hochant la tête. Mais je comprends. Tu peux partir, bien sûr, si c'est ce que tu veux. Mais tu devrais peut-être te montrer plus patiente, Linda. Je suis sûre que...

– N'en parlons plus, je vous en prie. Vous me promettez de ne pas dire à Fenton pourquoi je m'en vais? J'ai l'impression qu'il va essayer de m'empêcher de partir. Moins il en saura, mieux ça vaudra.

– Comme tu voudras ma chérie, mais...

– Merci, Althea.

Elle courut vers la maison avant que la vieille dame ne puisse ajouter un mot.

Fenton s'était rendu en ville au début de la matinée. Linda se glissa dans son bureau et posa sa lettre sur le sous-main. Sans lui donner aucune explication, elle lui exprimait simplement le regret de ne pas être en mesure de tenir ses engagements.

Elle était en train de feuilleter une revue de mode dans sa chambre quand on tambourina à sa porte. Fenton!

Elle se passa machinalement la main dans les cheveux en allant ouvrir. Il fit irruption dans la pièce en proie à une rage folle, et sous ses yeux, se mit à déchirer sa lettre en mille morceaux.

– Qu'est-ce que ça veut dire? s'emporta Linda.

– Ça veut dire que vous avez un contrat d'un an. Un contrat verbal, bien sûr, mais un contrat tout de même. Nous ne vous aurions pas payé votre voyage s'il n'avait pas été entendu que vous restiez un minimum de temps, n'importe quel tribunal me donnera raison.

– Je vous rembourserai le billet.

– Vous allez rester ici et remplir votre contrat!

– Althea m'a donné la permission de partir.

– Althea se laisse toujours attendrir. De toute façon, vous ne travaillez pas pour elle, mais pour moi.

– Travailler? J'appelle ça de l'esclavage, moi!

– Je ne veux plus entendre parler de cette affaire!

Dire qu'il y a quelques jours à peine, ses lèvres frémissaient sur sa gorge, caressant la courbe de ses seins... Elle sentit le sang lui monter au visage et se jeta à corps perdu dans la dispute pour qu'il ne remarque pas à quel point il la troublait.

– Vous obtenez toujours ce que vous voulez, n'est-ce pas? Eh bien, pas cette fois! J'étais prête à vous laisser deux semaines de préavis, mais il n'en est plus question! Je pars tout de suite. Aujourd'hui même!

Il esquissa un sourire enjôleur et une dangereuse lueur s'alluma dans ses yeux mi-clos. Elle n'osait pas deviner ses intentions, bien qu'elle s'en doutât, et encore moins s'avouer qu'elle n'aurait pas le courage de le repousser.

– Changeriez-vous d'avis si nous reprenions notre conversation là où nous l'avions laissée la dernière fois, au château?

Il parlait d'une voix rauque, sensuelle, tout en s'avançant lentement, inexorablement, la clouant sur place d'un regard hypnotique. Elle trouva enfin la force de reculer et buta contre le lit, affolée. Il eut un sourire moqueur.

Un instant plus tard, elle était dans ses bras et il lui couvrait le visage et le cou d'un déluge de baisers brûlants. Il cherchait les boutons de son corsage d'une main fébrile et la poussait vers le lit.

– Non, Fenton! Je vous en prie!

C'était un cri bien faible, et les mains qui tentaient de le repousser n'étaient guère plus énergiques. Elle était à la fois terrifiée et tremblante d'impatience. *Laisse-le faire preuve d'un peu d'amour et de tendresse pour ne pas garder de lui que des mauvais souvenirs.*

– Linda, gémit-il.

Ses lèvres se firent plus douces, comme s'il voulait appliquer sur les meurtrissures qu'il lui avait infligées, le baume de ses baisers pleins d'une infinie tendresse.

On frappa à la porte.

– Le déjeuner va être servi, signorina, annonça Maria.

Il resserra son étreinte et lui commanda de se taire.

– Vous allez bien, mademoiselle Linda? Je peux entrer?

Fenton grommela un juron et s'esquiva par la porte du boudoir. Linda boutonna hâtivement son corsage et se recoiffa d'un geste.

– Tout va bien, Maria. J'arrive.

Elle redoutait de descendre rejoindre les autres mais Althea se serait inquiétée de ne pas la voir à table. Comment faire face à Fenton, maintenant qu'il savait qu'elle était incapable de lui résister?

Elle se promit de quitter la villa dans les vingt-quatre heures.

Tout le monde était dans le *salotto*. Debout devant la cheminée, les traits creusés, Fenton accusait son âge pour une fois.

Dans son fauteuil à oreillettes, Althea accueillit Linda d'un sourire. Elle semblait préoccupée et le verre de sherry qu'elle tenait trembla légèrement.

– Tu devrais prendre un verre toi aussi, ma chérie. Guido doit venir déjeuner, mais il a l'air d'être en retard.

– Ne vous dérangez pas, dit Linda en voyant

Fenton se diriger vers le bar. Je n'ai pas envie de boire quoi que ce soit.

Le visage fermé, il reprit sa pose devant le foyer en évitant de croiser son regard. Pour une fois le whisky-soda qu'il s'était servi ne semblait pas le tenter.

Un vermouth à la main, Mavis était assise dans la causeuse. Sa bague brillait de mille feux chaque fois qu'elle levait son verre.

– Je vois que ton père t'a finalement donné la permission d'acheter cette bague, remarqua Althea.

Mavis lança à Linda un sourire de conspirateur.

– Eh oui! papa s'est résigné, comme toujours.

– Elle est vraiment magnifique.

Mavis eut à nouveau une mimique complice que Linda trouva étrange. C'est à Fenton qu'elle aurait dû réserver ces signes de connivence. Et pourtant elle ne le regardait pas, et il ne s'intéressait même pas à la conversation. Peut-être craignait-il de laisser deviner à sa tante qu'il se tramait quelque chose?

A une heure et demie, Fenton explosa.

– Mais enfin, qu'est-ce qu'il fait? On va l'attendre toute la journée? J'ai du travail, moi!

– Un peu de patience, dit Althea d'une voix paisible. Guido n'est jamais en retard. Il a dû se passer quelque chose d'inhabituel.

– Il a peut-être appelé pour prévenir qu'il ne viendrait pas, dit Linda. Mais si c'est Mme Merola qui a pris le message, elle aura décidé de ne rien dire. Elle est capable de tout avec lui.

Au même moment l'apparition de Guido réduisit à néant tous ses soupçons.

– Excusez-moi, j'ai été très occupé. Je gagne ma vie maintenant. A partir d'aujourd'hui, je n'aurai plus le temps de déjeuner avec mes amis.

– Vous travaillez? répéta Linda.

Il lui posa une main sur la joue en souriant.

– Oui, et c'est à vous que je le dois. D'abord je me suis rendu compte que j'avais certaines aptitudes en organisant votre exposition, et ensuite j'ai réfléchi à ce que vous m'aviez dit le soir du bal. Vous aviez raison, bien sûr.

Ce matin, raconta-t-il, il était allé demander au signor Musto s'il n'avait pas besoin d'un collaborateur. Il venait tout juste de rouvrir sa galerie.

– Il m'a offert de devenir son associé. Il n'a pas d'enfants pour reprendre son affaire : cet arrangement est idéal pour nous deux!

– Oh! Guido, je suis tellement heureuse! s'écria Linda en lui donnant un baiser retentissant sur la joue.

– A partir de maintenant, je vais pouvoir faire face à mes responsabilités, dit-il fièrement. Je n'ai qu'un regret, c'est de devoir vous priver du Raphaël. Je n'ai plus besoin de le vendre, ajouta-t-il en regardant Althea.

– Cela n'a aucune importance, je vous assure. Ce ne sont pas les tableaux qui manquent! Je vais me mettre à fréquenter les salles des ventes. Je suis enchantée pour vous, Guido.

– Merci, très chère signora.

Devant la cheminée, Fenton ne s'était toujours pas départi de sa mine maussade. Il parut faire un effort pour sourire et serra la main de Guido.

– Félicitations.

– Nous ferions bien de passer à table, dit Althea.

Sans la gaieté de Guido, le déjeuner aurait été sinistre. Il avait apporté une bouteille de *Spumante* et chacun but à ses nouvelles fonctions. A la fin du repas, qui avait été exceptionnellement bon, Althea demanda à Maria de transmettre ses compliments à la cuisinière.

– Moi aussi j'ai un message pour Mme Merola, dit

Guido. Si elle veut bien venir dans la salle à manger, je le lui communiquerai personnellement. Vous permettez?

– Bien sûr, murmura Althea, vaguement embarrassée.

Qu'est-ce qu'il pouvait bien vouloir dire à une femme qui le haïssait depuis si longtemps?

Tendue, l'air renfrogné, la gouvernante fit son entrée.

– Vous m'avez demandée, signora?

– Monsieur di Grazia aimerait vous parler.

Elle tourna un regard glacial vers son compatriote.

– Alors, je peux me retirer. Il n'a sûrement rien d'intéressant à me dire.

– Mais si! s'exclama Guido.

Il se leva et se mit à parler italien. Incapable de suivre le débit précipité de sa tirade, Linda vit Mme Merola changer progressivement de visage. L'hostilité fit place à l'incrédulité, puis à une joie débordante. Elle lui prit la main avec gratitude et l'aurait embrassée s'il ne l'avait retirée en riant. Quand elle eut quitté la pièce, il expliqua aux autres ce qui venait de se passer.

– J'ai été étonné d'apprendre que Mme Merola me détestait avec autant de virulence. Je savais qu'il y avait eu un litige entre nos deux familles il y a plusieurs siècles, mais j'étais persuadé que le problème était réglé depuis longtemps. C'est Linda qui m'a mis la puce à l'oreille. J'ai aussitôt fait des recherches dans les archives. Apparemment, les di Grazia ont en effet annexé, il y a des siècles, un lopin de terre qui appartenait aux Merola. Il se trouvait à un point stratégique du système de défense du château. N'ayant plus besoin de nous défendre et ne me reconnaissant aucun droit sur des terres qui ne m'appartiennent pas, j'ai donc l'intention de rendre à Mme Merola les titres de propriété de cette parcelle. Elle pourra y faire construire une maisonnette et y planter quelques pieds de vigne.

Encore une affaire qui se terminait bien, pensa Linda. Fenton et Mavis se fiançaient, Maria et Amerigo allaient sans doute en faire autant, et l'injustice qui pesait sur la vie de Mme Merola était réparée. Seule Althea restait pensive : elle avait perdu l'espoir d'acquérir le Raphaël et devrait bientôt se séparer d'une demoiselle de compagnie qu'elle aimait bien.

Mavis se pencha à l'oreille de Fenton, qui lui sourit d'un air absent. Linda eut pitié de lui. Il paraissait si malheureux. Etait-ce parce qu'il savait que Mavis était incapable d'aimer quelqu'un d'autre qu'elle-même ? Pourquoi alors tenait-il tellement à l'épouser ? Linda savait par expérience que l'amour n'obéit pas toujours à la raison.

– Je rentre à San Francisco, annonça-t-elle à Guido en le raccompagnant jusqu'à la porte.

– Nous ne nous verrons probablement plus jamais. Je garderai un excellent souvenir de vous. Comme mes ancêtres acceptaient les hasards de la guerre, je dois accepter les hasards de l'amour, dit-il avec un petit sourire triste. Que diriez-vous d'un baiser d'adieu, petite Linda ?

Leurs lèvres s'effleuraient lorsque Fenton pénétra dans le hall.

– Je suis navré, dit-il d'un air accablé. Je ne voulais pas vous déranger. Mais ces derniers temps, ajouta-t-il avec un sourire crispé, il est difficile de ne pas vous trouver partout passionnément enlacés.

12

Après une nuit d'insomnie, Linda sortit dans le jardin. Elle flâna un moment dans les allées et s'installa sur un banc de pierre à l'ombre d'un platane. C'était la dernière fois qu'elle s'asseyait sur un de ces bancs.

Elle était décidée à avoir une explication avec Fenton. En lui parlant calmement, raisonnablement, elle espérait pouvoir le convaincre de la libérer de son contrat et de se quitter en bons termes. Même s'il persistait à vouloir la traîner devant les tribunaux, comme il l'en avait menacée la veille, elle était décidée à partir.

Elle poussa un soupir. Le soleil, le bleu éclatant du ciel, la beauté de ce jardin où les cyprès montaient la garde, les vieux oliviers, la glycine, tout cela ferait bientôt partie de son passé, tout comme ceux dont le destin avait croisé le sien. Au début elle y penserait souvent puis ses souvenirs s'estomperaient, et elle aurait peut-être du mal un jour à se rappeler les noms de ceux dont elle avait partagé la vie pendant plusieurs semaines. Elle essaierait de se représenter cet homme dont elle était follement éprise... Une espèce de dictateur avec des cheveux auburn et des yeux verts...

Elle réprima un sanglot.

— J'étais sûr de vous trouver là, dit Fenton.

Elle sursauta.

— Je disais au revoir au jardin, répondit-elle d'une

148

voix mal assurée. J'ai l'intention de partir, que vous le vouliez ou non!

Il semblait toujours éveiller ses mauvais instincts. Elle s'était promis de parler calmement, et voilà qu'elle lui lançait sa décision comme un défi. Un défi que, pour une fois, il ne releva pas. Il s'assit gravement à côté d'elle et croisa les jambes en regardant le château.

– Justement, c'est de cela que je voulais parler. J'avais tort pour Guido. C'est un type très bien.

– Oui.

Il la regarda, comme s'il s'attendait à ce qu'elle en dise plus, mais elle garda le silence.

– J'ai l'impression que je vous ai fait de la peine en le traitant comme je l'ai fait. Je suis navré.

– Ce n'est rien.

Elle était prête à tout lui pardonner, sauf ce qu'il avait fait l'autre nuit. Il n'avait pas le droit d'éveiller son amour par ses caresses passionnées et d'acheter une bague de fiançailles destinée à une autre, deux jours plus tard.

– J'ai des affaires urgentes à régler à Londres, continua-t-il. Je me demandais si vous ne voudriez pas rester avec Althea jusqu'à mon retour. Je ne vais pas vous garder ici de force, évidemment. C'est la surprise qui m'a poussé à vous parler comme je l'ai fait hier. Mais si ça ne vous dérangeait pas trop...

– Entendu, je reste.

Si Fenton s'en allait, elle n'était plus pressée de partir. Cela laisserait à Althea le temps de s'habituer à l'idée de son départ.

– Bien. Voilà déjà une chose de réglée. Je vous remercie, Linda.

Comme elle haïssait ce ton officiel, cette voix sans âme! Elle se détourna pour cacher les larmes qui lui montaient aux yeux. Quelle sottise de s'apitoyer sur quelque chose qui n'avait même pas existé!

Pourtant il y avait ces quelques instants où elle avait lu du désir dans ses yeux... Si l'éblouissante beauté de Mavis n'avait pas troublé ses sens, qui sait ce qui serait arrivé? Non. Elle se faisait des idées et il ne devait surtout rien deviner de ce qui se passait dans sa tête. Son cœur ne lui appartenait plus, mais sa fierté restait intacte.

Elle affronta son regard, le sourire aux lèvres.

– Merci pour tout. Ce fut une aventure merveilleuse.

– Je suis content que tout se termine bien pour vous.

Elle crut entendre un soupir. Mais peut-être était-ce le vent dans les feuillages? Elle baissa les yeux. Dans quelques minutes, elle serait sauvée et pourrait enfin se laisser aller. Pour l'instant, il ne fallait surtout pas qu'il devine ce qu'elle éprouvait. Elle réfléchit à ce qu'il venait de dire. « Je suis content que tout se termine bien pour vous. » Il voulait sans doute parler de cette *dolce vita* qu'elle n'aurait pas eu l'occasion de connaître sans ce voyage. Les déjeuners et les dîners à Rome, la fête au château, son exposition...

– Je vous souhaite beaucoup de bonheur... murmura-t-elle.

Elle n'osait pas le féliciter plus franchement pour des fiançailles dont elle était censée tout ignorer.

– Bonheur? J'ai bien peur d'avoir passé l'âge du bonheur. J'ai appris à me contenter d'exister.

Linda était tellement surprise d'entendre une chose pareille dans la bouche d'un homme qui allait se marier qu'elle faillit le lui dire. Elle se rattrapa à temps.

– Merci encore de m'avoir libérée de mon contrat, dit-elle en espérant mettre fin à la conversation sans dire de bêtise.

150

Il eut un sourire désabusé.

– N'en parlons plus. Je ne peux tout de même pas demander à une comtesse d'être demoiselle de compagnie.

– Comtesse?

– Oui, je sais que les titres de noblesse ne veulent plus rien dire, mais si vous épousez Guido, les gens vous appelleront contessa di Grazia.

– Qu'est-ce qui vous fait croire que je vais l'épouser?

Il éclata de rire.

– Un certain nombre de choses. Cette scène d'amour si touchante sous le porche du château la nuit de la fête, (pendant que je battais la semelle à côté de la voiture) et ce baiser passionné que vous échangiez pas plus tard qu'hier, par exemple. Votre amour crève les yeux depuis le début.

Il semblait amer.

– On peut témoigner de l'affection, de la passion même, sans pour autant être amoureux! La preuve : vous m'avez bien couverte de baisers dans les jardins du château, et, quelques jours plus tard, vous achetiez une bague de fiançailles à une autre!

– Je ne vois pas du tout de quoi vous parlez, dit-il en écarquillant les yeux. Je n'ai jamais donné de bague de fiançailles de ma vie! J'ai offert un bijou à Mavis l'autre jour, mais c'était pour me faire pardonner.

Linda porta la main à sa bouche. Trop tard. Elle venait de briser la promesse faite à Mavis.

– Je suis désolée. Je crois que j'ai été trop bavarde.

– Quelqu'un a été trop bavard, en effet, mais ce n'est pas vous!

Il se leva d'un bond et s'élança vers la maison. Confuse d'avoir trahi le secret de Mavis, Linda monta précipitamment dans sa chambre.

Il fallait qu'elle parte tout de suite. Elle se mit fébrilement à faire ses valises. Elle s'arrêterait un jour ou deux à Rome, le temps d'organiser son retour aux Etats-Unis. Un coup violent à la porte l'interrompit au milieu de ses préparatifs. Elle avait espéré pouvoir s'esquiver sans revoir Fenton, mais apparemment rien ne lui serait épargné.

Il entra de son habituel pas conquérant.

– Je viens d'avoir une petite explication avec Mavis.

– Oui?

– Oui. Je l'ai forcée à avouer qu'elle vous avait menti.

– Menti?

Abasourdie, Linda secoua la tête.

– Je ne comprends pas...

Il ne l'écoutait pas. L'avait-il d'ailleurs jamais écoutée?

– Ce que j'aimerais bien savoir, continua-t-il, c'est si ces prétendues fiançailles ont quelque chose à voir avec votre départ.

Elle s'apprêtait à lui répondre que non, mais décida qu'il était temps de lui dire la vérité. Après tout, c'était la dernière fois qu'elle le voyait.

– Ces fiançailles sont la seule et unique raison de mon départ.

Il pâlit.

– Et pourquoi?

Elle était redevenue la petite fille traumatisée par le départ de son père. Ce jour-là, elle s'était promis de ne plus jamais réclamer d'affection, de ne plus s'exposer à la douleur humiliante d'un refus cinglant.

Mais je ne suis plus une petite fille. Je suis une femme. Fenton pouvait se moquer d'elle, s'apitoyer sur son sort... elle était assez forte pour tout supporter.

– Je vous aime, dit-elle.

– Mais vous êtes amoureuse de Guido! Et je suis trop vieux pour vous!

Elle était à bout de patience.

– Je ne suis pas amoureuse de Guido et j'en ai assez de vous entendre parler de votre âge!

– Vous êtes jeune! Pas moi. Je ne l'ai jamais été! Je vous ai dit un jour que je ne pourrais jamais pardonner à l'homme qui profiterait de votre candeur et de votre jeunesse... Je le pense vraiment.

Elle le dévisagea.

– Vous vouliez parler de vous en disant cela?

– Bien sûr. De qui d'autre?

– Je croyais que vous pensiez à Guido.

Il esquissa un sourire.

– Je remarque que Guido vient toujours s'interposer entre nous...

– Il n'est pas le seul. Mavis nous a assez souvent joué le même tour!

Elle sentit soudain une vague d'anxiété monter en elle. Elle lui avait avoué son amour, mais lui n'avait toujours rien dit.

– Je voulais seulement que vous sachiez ce que je ressens pour vous, conclut-elle, pour mettre un point final à une confrontation pénible. Cela vous laisse probablement totalement indifférent, mais...

Il la saisit par les épaules et la secoua vivement, lui coupant la parole.

– Qu'est-ce que vous racontez là? Comment pouvez-vous parler avec tant de légèreté de ce qui est pour moi un véritable miracle?

– Que voulez-vous dire? Et Mavis?

Il la bouscula à nouveau, sans ménagements.

– Vous en êtes encore là? Je vous ai déjà dit que je n'étais pas amoureux d'elle.

– Arrêtez de me secouer comme un prunier! Vous ne m'avez jamais dit ça! Vous m'avez dit que vous ne lui aviez pas offert de bague de fiançailles, c'est tout!

Il l'attira dans ses bras et posa ses lèvres sur son front.

– Je suis navré de vous avoir brutalisée. Je ne sais pas pourquoi, vous avez le don de m'exaspérer.

– Vous aussi... depuis le début.

Ils se dévisagèrent un moment, et un sourire éclaira les traits de Fenton.

– Très bien. Je vais tout vous expliquer. J'ai acheté cette bague parce que Mavis m'accusait d'avoir fait semblant de m'intéresser à elle. La nuit du bal, elle nous a surpris en train de flirter dans le jardin...

Linda devint écarlate, et Fenton eut un rire entendu.

– Le lendemain, elle m'a suggéré de réparer l'offense que je lui avais faite en lui offrant ce bijou qui la tentait depuis des jours. Je n'ai jamais prétendu l'aimer, bien sûr, mais je la laissais jouer sa petite comédie. Ce cadeau m'a semblé un bon moyen de me débarrasser d'elle.

D'une main nonchalante, Fenton lui caressait le dos. Peu à peu, Linda se sentit envahie d'une étrange langueur.

– Dans le jardin, ce soir-là, pourquoi vous êtes-vous montré soudain si froid?

Il eut un sourire chagriné.

– Je n'avais pas pu m'empêcher de vous montrer mon amour. J'étais comme envoûté... mais tout à coup, je me suis rendu compte que j'avais failli trahir le serment que je m'étais fait. J'avais failli profiter de votre innocence. Encore maintenant, je ne suis pas sûr d'avoir le droit de vous aimer, soupira-t-il.

Son visage s'était fermé. D'une caresse, elle chassa les rides qui creusaient son front.

– Vous avez parfaitement le droit de m'aimer, tout comme j'ai le droit de vous aimer... jusqu'à la fin des temps!...

Il lui sourit enfin, et quand ses lèvres se posè-rent sur les siennes, Linda lui répondit avec tant d'ardeur et de passion qu'il lui fut impossible de douter plus longtemps de ses réelles qualités de femme.

81 **ANNE HAMPSON**
Un mari tout trouvé

Pour obéir à une étrange coutume familiale,
le terrible Vidas Christou est arrivé de Grèce
pour proposer à Kim de l'épouser. Mais ce
mariage repose sur une imposture et Kim
frémit à l'idée du sort qui l'attend
quand Vidas découvrira la vérité...

82 **LAUREY BRIGHT**
A cœur perdu

Keely débarque aux îles Fidji pour
interviewer un Américain,
un certain Jordan Lang...
En l'apercevant, celui-ci est pris d'une colère
froide. Saisie d'effroi, Keely a envie de fuir.
Mais le prochain bateau ne passe
que dans un mois...

83 **ELIZABETH HUNTER**
Je t'aime, un peu, beaucoup

En route pour la Birmanie, Hermia savoure
son triomphe. Simon Farrow attendait
son père, le Dr Cochrane,
spécialiste de langues orientales.
Devenue docteur à son tour, elle est venue
à sa place et Simon Farrow ne décolère pas...

84 **ARLENE JAMES**
Mademoiselle et son cow-boy

Crystal n'a plus rien, ni fiancé, ni situation,
ni argent... Un personnage insolite,
champion de rodéo et propriétaire de puits
de pétrole, l'invite à venir enseigner
l'espagnol à des enfants sur son ranch.
Crystal le suit...

85 **MELANIE ROWE**
Miracle à Xanadu

Son père, chargé d'expertiser les trésors
artistiques de Xanadu, étant mort
dès leur arrivée, Cara doit repartir
sans avoir pu pénétrer dans ce palais de
conte de fées. Sur le point de se noyer, elle
est sauvée in extremis par
un individu étrange...

75 JANET DAILEY La belle et le révérend
76 SONDRA STANFORD Les détours du cœur
77 STEPHANIE JAMES Le droit au bonheur
78 NANCY JOHN La fureur d'aimer
79 FERN MICHAELS Sur les vagues du désir
80 LAURA HARDY L'amour en pleurs

81 ANNE HAMPSON Un mari tout trouvé
82 LAUREY BRIGHT A cœur perdu
83 ELIZABETH HUNTER Je t'aime, un peu, beaucoup
84 ARLENE JAMES Mademoiselle et son cow-boy
85 MELANIE ROWE Miracle à Xanadu
86 HELEN ERSKINE La palette des cœurs

87 NORA ROBERTS La femme à facettes
88 DIXIE BROWNING Pain, amour et frénésie
89 MARY CARROLL Ballade écossaise
90 RUTH LANGAN Un mari pour un autre
91 LAURA EDEN La robe bleue de Margaret
92 SONDRA STANFORD Le chant du passé

93 ANNE HAMPSON La bague ensorcelée
94 BRENDA TRENT Un rêve en hiver
95 FERN MICHAELS Arc-en-ciel d'orage
96 SONDRA STANFORD Rencontre à Santa Fe
97 MAGGI CHARLES Les mélodies du cœur
98 JACQUELINE HOPE L'amour vengeur

31, rue de Tournon, 75006 Paris

diffusion
France et étranger : Flammarion, Paris
Suisse : Office du Livre, Fribourg
diffusion exclusive
Canada : Éditions Flammarion Ltée, Montréal

Achevé d'imprimer sur les presses de l'imprimerie Brodard et Taupin
7, Bd Romain-Rolland, Montrouge. Usine de La Flèche,
le 29 novembre 1982. ISBN : 2 - 277 - 80086 - 4
1692-5 Dépôt Légal décembre 1982. Imprimé en France